El

Regidor

Fabian Kussman

This book is a work of fiction and, except in the case of historical fact, any resemblance to actual persons, living or dead, is purely coincidental.

Fabian Kussman

Title of Book: El Regidor / by Fabian Kussman
ISBN 9798839665347

Library of Congress Control Number: I/C

Cover Design by: Maria Kussman

Printed in the United States of America

A Samantha Barnes, Maggie Craig y Marcie Grey.

1

El Hombre había permanecido de pie, junto a la ventana, desde hacía más de un cuarto de hora sin encontrar un impedimento válido que lo hiciera retroceder en sus decisiones. Su manera de entender la vida le prohibía ponerse en manos de melancolías, sentimientos encontrados o moralidades. Desde un vendedor de cremas heladas hasta el líder de una nación viven del sufrimiento ajeno. Nadie respira fuera del círculo de los culpables. Cuando descuidó la ventana, se percató que el café se estaba quemando dentro de una vieja cacerola sobre una vieja y pequeña cocina portátil. Al mismo tiempo que servía la bebida en un vaso de Telgopor, la mujer desnuda se situó junto a él acercándole una taza de hojalata. El hombre la asistió recibiendo el agradecimiento con una leve sonrisa. La mujer era atractiva a su manera. Si bien baja, regordeta y con grandes marcas de batallas en salas de partos, tenía grandes ojos negros y una cabellera azabache y gris que le caía hacia la cintura. Su nombre era Jeannette, o al menos eso había dicho. El hombre exploró en sus pantalones y extrajo un billete de veinte dólares. Decidió que otro billete sería apropiado. Extendió sus manos y Jeannette fue cogiéndolos uno por vez. Volvió a sonreír a modo de agradecimiento y abandonó la taza de café sobre una desvencijada mesada. La bebida -lo que quedaba de ésta en la marmita- emanaba los últimos humos de su poder seductor, ese dominio que resucita a la humanidad por las mañanas. Jeannette se sentó sobre la cama y en pocos segundos, se puso de pie completamente vestida. Una camisa rosa y una falta de vaquero azul desteñido muy apretada para sus piernas, además, claro, de unas zapatillas amarillas cuyos sucios cordones dejó sin amarrar. Tímidamente, blandió sus manos para despedirse y fue el momento exacto en el cual el hombre se dio cuenta de las altas temperaturas del lugar. En su cuello, las gotas de transpiración zigzagueaban hasta encontrar su pecho y más aún, esparciéndose sobre el marco de la ventana. Una vez más, separó los postigos y experimentó los primeros movimientos de la mañana. En el concepto de los locales, exactamente en las coloridas palabras de la página web del ayuntamiento, era un hermoso y tranquilo pueblo que se amparaba tras verdes montañas adornadas por riachuelos cristalinos y frescos. Para el Hombre se veía como un pueblo piojoso, caluroso, pestilente y ruidoso, atrapado entre dos dunas grises orinadas por dos gotas de un elemento viscoso semejante a aceite usado para automóvil que a pocos bromistas se les hubiera imaginado señalar a eso como paisaje. El Hombre se vistió y ajustó su gorra tan profundamente que sus ojos desaparecieron.

Las aceras no ayudaban la marcha. Los desniveles obligaban a un esfuerzo extra y el sol -ese sol que parecía energizar a los locales y a la vez secar otras virtudes transformándolos en juventud desperdiciada, diálogo triste y poco sabio- bramaba en su nuca, derritiendo sus huellas al paso. El Hombre bajó por callecitas cuyas edificaciones tan cercanas creaban peceras interminables y contó las esquinas hasta encontrar la pequeña tienda de ollas y vajillas. El lugar era limpio, si bien oscuro y con un potente indicio a perfume barato en el aire. Lucía como un angosto e interminable pasillo decorado con platos con imágenes de animales probablemente pintados a mano, calderos para alimentar cientos de ejércitos, papeles pegados con cintas y siluetas de vasijas y botellas que ya no estaban en los anaqueles. Una carretilla oxidada permanecía sobre unos ladrillos, como si fuera una pieza de arte.

"Adelante… adelante", dijo la aguda voz al fin del túnel "Soy Héctor Arboledas. ¿Señor Smith, presumo? Debo estar en lo correcto porque no hay muchos americanos hoy por aquí"

El Hombre asintió y siguió los pasos de su anfitrión tras una serie de pasillos hasta, al fin, llegar a un patio cercado por cajas de cartón, cuyas manchas de agua en las aberturas hacían sospechar una antigüedad importante. Arboledas hurgó entre una de las cajas y extrajo un paquete de cigarrillos. Como si estuviera cometiendo un doble crimen, encontró bajo una maceta ya sin plantas una caja de cerillos.

"Mi familia no quiere que fume", dijo Arboledas encendiendo el cigarrillo "Pero de algo he de morir. Aquí la gente muere de cáncer o por el silencio", agregó ofreciendo un cigarrillo, que el Hombre rechazó "Y yo tengo cuatro hijas…"

Arboledas satisfizo su vicio en tres veloces inhaladas. De pronto, su rostro amable se transformó en el de un despiadado negociante. Comenzó a hablar rápidamente al tiempo que, entre una de las cajas, descubría una computadora portátil.

"La M4 estará en una caja, tras el buzón, con los cartuchos subsónicos. Va a ser difícil reprimir el rifle. Esto es un valle, pero con los fuegos artificiales, los gritos y la música…", dijo Arboledas chequeando su cuenta bancaria. Cerró la computadora, complacido y le dedicó una sonrisa a ese hombre que permanecía adusto, sin expresión, como retirado de su mundo.

Arboledas tomó un mapa de la zona y señaló con su índice un punto de encuentro demarcado con un círculo rojo. A primera vista, a un cuarto de milla de la plaza principal. O el único espacio con dos arbustos del cual el hombre había sido testigo. Arboledas dio un par de golpes con sus nudillos sobre el mapa, tratando de reafirmar sus conocimientos.

"Aquí estará Sergio. Conoce todas las rutas y atajos posibles. Conoce la zona mejor que nadie. Y hay muchos *nadie* en esta zona. En menos de tres horas entrarán en Tegucigalpa. Una vez allí, mis servicios habrán terminado"

Arboledas le ofreció la mano.

Jeannette, quién aún no había probado un bocado en todo el día, se encontraba conversando con un grupo de caballeros que seguramente estaban en el sitio aguardando los discursos de la noche. Al apurar su bebida volteó su rostro hacia un lado divisando al Hombre, que, al otro lado del bar, trataba de alivianar su vaso lleno de aguardiente. Jeannette se disculpó con sus amigos y se aproximó a él.

"*Aliento del Diablo* no es para cualquier turista". Dijo la joven. El Hombre, curioso, entrecerró sus ojos hasta que Jeannette señaló la bebida.

Por supuesto, la etiqueta roja que rodeaba el recipiente presentaba una calavera con huesos cruzados y escabrosas cruces negras impresas sobre letras doradas. Posiblemente era un producto local ya que ninguna agencia de salud anunciaba permisos o autorizaciones. Probablemente hecho con caña y frutas fermentadas y no, como el hombre temía, de fluidos de algún animal en estado de putrefacción.

"*Aliento del Diablo*", repitió el Hombre alzando la botella. Al observarla con más detenimiento pudo leer sobre los 97 grados de alcohol rectificado que estaba haciendo trizas sus entrañas y maravillas en su cabeza.

Mientras la mujer disfrutaba un sándwich de carne que meticulosamente trozaba con sus dedos antes de llevar a la boca, le comentaba que había tenido tres hijos, que ellos vivían con sus respectivos padres, dos de los mismos en la capital. A estos últimos los visitaba un par de veces al año llevándoles regalos, generalmente balones de futbol o *esos juegos para computadoras*. Al tercero hacía mucho tiempo que le había perdido el rastro. Tal vez se había mudado con sus abuelos, a quienes nunca conoció. Ella prefería vivir en ese pueblo, evitando que conocidos pudieran verla en las noches, trabajando en las calles, y llevarle la indiscreción a sus padres, desconocedores de su profesión. El Hombre asentía cada tanto, pero en realidad solo había escuchado, con suerte, dos o tres palabras. Cuando Jeannette le preguntó acerca de su vida, de su trabajo, el hombre -por primera vez- le dedicó una amplia sonrisa.

"Soy el fabricante de *Aliento del Diablo*"

"No, dime la verdad", dijo ella, divertida.

"¿Es que crees que estoy mintiendo?"

La mujer guiñó un ojo indicándole su sospecha. Abrió sus manos aguardando la explicación.

"Dime…"

El Hombre dio vueltas en torno a la historia de una familia de un remoto pueblo de Texas, de la cual era el mayor de dos hermanos inseparables, hasta que, cierto día, la vida los separó.

"Y uno de ellos se dedicó a vender Aliento del Diablo", culminó el Hombre. Ella lo abofeteó levemente, divertida.

El Hombre puso en las manos de Jeannette un manojo de billetes y le pidió rentar el mismo cuarto de la última noche. Fue claro: El mismo cuarto. Ella podía pagar el doble para desalojar a algún turista si el mismo estaba ocupado.

"Nos perderemos los discursos de Pérez Morales…", insinuó la joven, como si eso le importara.

Desde los megáfonos la voz de Pérez Morales se disolvió ante el impactante ritmo de una melodía de los años setenta. El candidato miró a sus lados desconcertado, pero entendió que nada bueno vendría. Fue el primero en caer desde escenario y ver como su estómago se abría desparramando órganos y vísceras en su recorrido.

El Hombre se movió hacia atrás desprendiendo sus ojos de a mira telescópica. Prontamente desmanteló el rifle y lo introdujo en el conducto de aire. Tomó su chaqueta y recién cuando le ofreció su última mirada al cuerpo inerte de Jeannette comprendió el espíritu quebrado en esos grandes ojos abiertos. Al remover el cable de acero ya incrustado alrededor de su cuello, la mujer pareció despedirse con un golpe de cabeza. Descendió las escaleras y utilizó una puerta trasera que le condujo a unos jardines de cemento. Allí abundaba la vegetación, incluso ciertas hierbas tercas se hacían paso entre las grietas de los senderos. Con la ayuda de una vieja carretilla de madera saltó un tapial y ganó la calle. Justo en esa acera nacía el silencio. En las esquinas, las corridas y las sirenas anunciaban un tsunami de gente que huía consternada. Rostros ensangrentados buscaban a familiares o a amigos, cuerpos mutilados no dejaban de escapar. Y el humo, asfixiante, perturbador, desesperante penetró por sus pulmones y de pronto, el aroma a alquitrán cedió ante el fuerte hedor a carne quemada.

La turba de desesperados obstruía su paso, por lo que comenzó a empujar cuerpos a medida que avanzaba con paso firme hasta encontrar el patio trasero de Arboledas. Sorteó el paredón y se ayudó con las cajas para un aterrizaje silencioso. Desde el patio distinguió a un grupo de mujeres empacando pertenencias con velocidad. La mujer mayor negaba o asentía ante los caprichos de cuatro jovencitas que querían o necesitaban ciertos elementos en sus maletas. El Hombre cruzó hacia la retaguardia del almacén hasta divisar a Arboledas, muy ocupado tratando de acomodar pilas de papeles en una maleta de cuero. A pasos de su persona y a centímetros de sus espaldas, el viejo comerciante se volvió y dibujó una sonrisa al reconocer el rostro. Esa sonrisa se evaporó al instante. Su cuello fue rodeado por fuertes manos que lograron que finalmente cesara. El cuerpo de Arboledas cayó al piso arrastrando su maletín. El hombre lo tomó de los pies deslizándolo hasta un mostrador que resistía al tiempo en el rincón más lejano del lugar y empujó el cuerpo alojándolo allí adentro. El Hombre rodeó el mueble y se encontró con la cómica escena del rostro desencajado, boquiabierto de Arboledas casi estrellado contra el vidrio del exhibidor. Volvió sobre sus pasos e interpuso una lista de precios entre la cara del muerto y el cristal. Ahora sí, el rostro de Arboledas estaba cubierto, como con esta acción el hombre había cubierto su propia identidad.

Para cuando Sergio cruzó la frontera a través de una huella cerca de Sata María, el Hombre ya sabía de todas sus conquistas amorosas. Era un joven de piel cobriza, de gran estatura para el promedio, y con un costoso corte de pelo al estilo europeo. Ninguna mujer en su ciudad se le resistía, pero al aburrirse prontamente de las mismas, tenía que ejercitarse en otras tierras, por ello era por lo que conocía cada uno de los atajos con países linderos. Una de sus grandes metas sería coronar sus dotes de Casanovas en una ciudad americana. Las mujeres de Los Ángeles, New York o Miami sabrían de qué madera estaba hecho.

"Cierta vez estuve con cinco turistas americanas", se vanaglorió Sergio quitándose las gafas y sonriendo a su pasajero "En el mismo cuarto, al mismo tiempo, todas a la vez. Todas bellísimas. Todas contentas, tú sabes lo que quiero decir"

De acuerdo con su relato, hasta una estrella de cine americana había pasado por su dormitorio y hasta le había ofrecido casamiento, pero él era un ave libre, un tigre indómito. Jamás podría estar encerrado tras las barras del casamiento. El Hombre le sonrió por cortesía e imploró por un instante de silencio, deseo que no sería acatado por su conductor, que continuaba con su catarata incontrolable de fantasías. Sergio aminoró la marcha con la intención de detenerse a la vera de la ruta. Su actitud cambió, su mirada se tornó gélida y con velocidad tomó una pistola escondida en el bolsillo de su puerta. El Hombre decidió aguardar. No hizo un solo movimiento.

"Tenemos que recoger un pasajero de último momento, señor Smith" dijo Sergio, apuntándole muy cerca de su mejilla "Hay un leve cambio de planes. Usted comprenderá. Siempre hay alguien que paga más…"

El Hombre, desde su incomoda posición, solo pudo observar y escuchar los pasos de botas acercándose hacia la ventanilla del chofer. Una mano golpeó el vidrio y este, sin dejar de mirar a su cautivo, presionó el botón automático para hacerlo descender. Desde atrás de su cabeza, una pistola emergió y lo ejecutó. La cabeza del cochero rebotó contra el cabezal de su asiento y descansó finalmente sobre el volante ensangrentado. La figura se dobló sobre su estómago y dejó ver una sonrisa vencedora.

"Siempre. Todo el tiempo. ¿Cuántos años hace que nos conocemos, Michael? ¿Veinte, treinta? Siempre tengo que salvarte los testículos" dijo Hank Elliot, cabellos plateados, bigote intenso, y una parcial sonrisa que aseguraba que todo estaba bien, aun cuando el planeta entero estuviera a punto de sucumbir.

"Hank…" saludo el Hombre.

"Michael…" dijo Hank, devolviéndole la cortesía.

"Hank," comenzó a decir Michael Smith, asintiendo con la cabeza, como si tratara de convencerse a sí mismo "Estoy demasiado viejo para estas mierdas"

Sergio se ahogaba en su propia sangre, sus gemidos, muy leves, pero desesperados no interrumpieron la conversación.

"Lo sé, Mickey. Lo sé. Es nuestra puta vida ¿Cerveza en el próximo bar que veamos? He estado deseando una helada jarra de cerveza desde que llegué a este puto país"

Diez millas antes de entrar a un pequeño poblado, Sergio yacía sin vida en el baúl del vehículo.

2

Finalmente, la mano se abrió y la granada se deslizó muy suavemente sobre la palma rodeada de un manto de sudor. Rebotó en el piso alfombrado y rodó unos pocos metros hasta que se detuvo, girando como un trompo ebrio sobre su base. Cayó hacia uno de sus lados y volvió a rotar sobre sí misma. Cuando se detuvo, el silencio se quebró y los pasajeros comenzaron a huir, sin importar a quien empujaban a su paso. Joe Ingram, sentado en el apoyabrazos de uno de los tantos malolientes sillones de la terminal, había concentrado su vista en las maletas que continuaban apilándose torpemente en la cinta de equipaje y -pese al inminente peligro- no había podido desprenderse de un dejo de sonrisa.

Cuando el hombre de la granada extrajo dos pistolas del interior de su chaqueta y las zigzagueó sobre su cabeza, Joe saltó desde la confortabilidad de su asiento y se dejó caer sobre el explosivo. Uno, dos, tres. Cerró sus ojos tan bruscamente que comenzó a sentir dolor. La brisa del aire acondicionado golpeó su cuello tantas veces azotado por el sol de la ciudad y forzó que sus parpados le devolvieran a la realidad. Uno, dos, tres. Mientras un grupo de distendidos turistas descendía por la escalera mecánica, Joe distinguió a una pareja de ancianos horripilados intentando prosperar en sentido contrario. Otros, ignorantes de lo que sucedía, remontaron por instinto con torpes movimientos y ceños de pánico. Uno, dos, tres. Se preguntó como luciría su cuerpo luego de unos pocos segundos, cuanto le lloraría su esposa, cuantas lágrimas derramarían sus hijos, cuantas copas se alzarían en su nombre, cuantas bromas se harían inspiradas en pérdidas de tripas y otras entrañas. Uno, dos tres. Una primera gota de sudor realizó un semicírculo desde su cabellera hacía su boca y otras la acompañaron. Solo se dio cuenta cuando la sal alcanzó su lengua.

El terrorista gritaba demandas que nadie escuchaba. Los salmones seguían remontando el río de manera desenfrenada y entre ese tren humano, la silueta de Hank Elliott, de impecable traje azul, descendía tranquilamente por la escalera mecánica. Extrajo su viejo .45 y descerrajó un balazo sobre el cuello del terrorista, quien cayó en su propio lago de sangre, retorciéndose y maldiciendo. Al pasar junto a él, Hank dio un puntapié a las armas y como un bailarín de ballet giró a su alrededor, examinando al herido, con la seguridad como primer objetivo.

"Hey, Joe…" dijo Hank acercándose.

"Hank…"

"¿Cuál es la situación aquí?", dijo sin perder una leve sonrisa.

"Granada de mano"

"Cuánto tiempo hace que estas así?"

"Un minuto, creo"

"Hmm, si no ha estallado hasta ahora, ya no creo que lo haga", dijo Hank sentándose junto a él. Puso sus manos sosteniéndose hacia atrás como si disfrutara de un sol brillante. "¿Cómo has estado?"

"Maravilloso… considerando…"

"Es fabricación casera?", preguntó Hank tomándolo de un brazo para volverlo "déjame ver"

"Hank…"

Una soldado, quien maldijo haber caído en ese aeropuerto luego de poner en riesgo su vida nueve meses en Irak, se acercó ofreciendo su ayuda.

"¿Soldado, cree que puede buscar ayuda? ¿Alguien que pueda llamar al escuadrón antibombas?"

"Si, claro" dijo la joven.

Hank la detuvo.

"Gracias por sus servicios, por cierto", reconoció Hank. La recluta volvió sobre sus pasos con la intención de retribuir el mensaje. "¿Tal vez más tarde…?"

"Si, por supuesto", dijo la militar partiendo raudamente.

Hank Elliott se inclinó una vez más e intentó lentamente mover el torso de su amigo.

"¿Hank, que diablos estás tratando de hacer?", chilló Joe.

"Seriamente, muchacho, seriamente. Creo que si no detonó hasta ahora…", aseguró Hank, mirándolo a los ojos. Joe Ingram se movió levemente, mientras Hank -literalmente- se acostó boca abajo junto a él. "No, no…"

"¿No?"

"No, no. Sí. Es decir, no. El pasador no está allí"

"Mierda!", murmuró Joe, decepcionado.

"¿Mala o buena?", preguntó Hank.

A Joe no le importaba.

"La mala noticia es que el pasador no está allí", repitió Hank "La buena noticia es que es una C13… generalmente son basura. Solo seis o siete de diez veces explotan"

"Solo seis o siete veces de cada diez?", protestó Joe, tratando de no agitarse demasiado.

"¿Y qué esperas?", explicó Hank "Son canadienses"

Hank lo empujó con consideración y Joe se dejó arrastrar a regañadientes, permitiéndole tomar la granada con su mano. Hank mencionó que el terrorista efectivamente había removido la anilla, pero sin arrastrar -por antigüedad o por una brecha- el pasador de seguridad que aún sostenía la palanca de prevención en su lugar.

Un buen samaritano, tal vez doctor en medicina se acercó con prudencia al agresor y le aplicó una compresa en la herida. Hank se aproximó a los sillones e hizo uso de ellos. Sin dejar de examinar el explosivo, encendió un cigarrillo.

"No se puede fumar en el aeropuerto", informó Joe.

"¿Qué vas a hacer? ¿Arrestarme?", desafió Hank.

"Y es malo para la salud"

"Tengo una granada en mis manos y tú te preocupas por mis pulmones", dijo Hank con desgano.

Hank aseguró la granada rodeándola con hilo de las etiquetas de las maletas y la dejó descansar sobre el apoyabrazos del sillón. Se volvió a su amigo y le agitó la pierna, festivo.

"¿Como has estado, hijo de puta?"

La unidad antibombas y un grupo de paramédicos ganaron el lugar. Un joven desactivador se dispuso a poner en funcionamiento los robots, pero Hank -negando con sus dedos- les hizo saber que no era necesario, simplemente lanzándole la granada. Esta danzó en las manos del experto convirtiéndole en un capacitado malabarista. Finalmente logró controlar sus movimientos y el explosivo terminó en una tolva para explosivos. La mirada feroz del experto se perdió en la indiferencia de Hank. Este palmeó la pierna de su amigo como si nada hubiera sucedido. Joe se hundió en el sillón y resopló aliviado.

¿Alguna vez se cuestionó cómo había llegado a convertirse en una persona desconectada de este cínico mundo? Era esa la pregunta recurrente que Joe, cada mañana de soles incendiarios o de nubes inquietantes se había estado realizando a sí mismo en las últimas semanas. Respiraba, sentía, hablaba y se distanciaba, pero Joe -

simplemente- no estaba allí. Y no se trataba de un mundo paralelo o de un ausentismo voluntario. Descubrió de su talento -o la falta de este- tan pronto como enfrentó la pared de los pros y los contras. El último listado estaba en blanco. En el primero solo estaba Kathy Stavros. Sin esa cascada de rubios cabellos que adornaban ese rostro sin época no hubiera vuelto su cabeza esa mañana en Rod's Café. Sonreía sin parar y sus ojos apenas se apartaban de la conversación que mantenía con sus amigas. Joe avanzó sin prisa y apoyando sus codos sobre la barra del bar, simplemente se limitó a preguntar quién ella realmente era. La mujer solo respondió con su nombre de pila e ilustró a Joe enviando una pista de su profesión.

¡Ah! ¡Actrices! Apenas segundos después de observarla gesticular y escucharle tararear: ¡Willkommen! Bienvenue! Welcome!, se dijo que todo estaba perdido. Parecía rebotar en su pequeño universo la frase de su tío Albert "Nunca te involucres con una actriz. Menos aún si es de un teatro *off-off Broadway*. Mucho desnudo, muchos senos manoseados… y menos contraigas matrimonio con una. Analizan todo"

Amargas discusiones escalaban cuando Kathy conseguía un rol en alguna obra. Si Mickey Durante estaba de por medio, seguramente desnudos y manoseos estarían incorporados así interpretaran Mary Poppins.

- ¿Me pregunto cuál es la diferencia entre los que haces y lo que hace una stripper?

-Nadie pone billetes en mi portaligas! -bramó divertida Kathy Stavros, defendiendo su arte.

-Si al menos lo hicieran…

Kathy y su sonrisa cancelaban el debate. Todo estaba perdido. Hank Elliott no ayudaba. Cuando Kathy se desponía a marchar, tres golpecitos a la puerta indicaron la llegada del zorro plateado. Kathy abrió y la casi imperceptible pero encantadora mueca que Hank usaba a modo de sonrisa estuvo frente a ella.

"¿Divorciada?"

"No todavía"

"Lista para engañar a tu marido?"

"Solo contigo"

"El mismo lugar de siempre?"

"A la misma hora"

"¿Cómo estas, muchacha?"

"Hanky…", dijo ella fundiéndose en un abrazo.

Hank Elliott le tomó la cara entre sus manos, sonriente. Kathy le retribuyó el gesto.

"Ahora, seriamente: ¿Cuándo te fugas conmigo?"

"Pregúntale a tu amigo", respondió ella señalando a Joe.

"Oh, no. Es una pérdida de tiempo. Ese muchacho nunca entendió el sistema de vida americano"

Kathy tomó su abrigo y su cartera.

"¿Función?", cuestionó Hank.

"*La Mujer Tatuada*"

"¿Tennessee Williams?"

"No. Taylor Greenberg. Un autor nuevo. Debutante. Un chico muy joven. Deberías ver la obra. Es muy interesante,", sugirió Kathy con un poco de presión "Es acerca de la eterna pelea de seres humanos luchando contra la idea que tenemos de nosotros mismos. Nuestros errores no son tan graves como los de un tercero y nuestros problemas si lo son"

"Suena demasiado intelectual para mi pequeña mente" sentenció Hank.

"No le es"

"¿Hay desnudos?"

Ella negó con la cabeza. Hank reaccionó rápidamente, guiñando un ojo.

"Solo yo", rectificó Kathy, cómplice. La mujer volvió a abrazarle con afecto y se despidió.

Hank avanzó hacia la cocina, donde Joe lo recibió con una botella de cerveza.

"¿Cómo lo tomó?", espetó Hank.

"No se lo dije. ¿Para qué mortificarla?"

Las cervezas iniciales se transformaron en más de una docena e historias vividas por Elliott no sonaban iguales a las experimentadas por Ingram y las pocas coexistidas tenían distancias. Hank Elliott, de todas formas, consultaba al fin de cada anécdota sobre fechas, nombres y sucesos. Testimonios en común acaecidas en los ochenta, cuando Joe aún estaba en pañales, rebotaban contra las paredes del asombro.

"Oh, epopeyas como esas con Redfield recuerdo muchas. Miles", dijo Elliott "¿Recuerdas cuando fusiló los maniquíes en Sara's pensando que eran unos delincuentes?, fue el día que atentaron contra Reagan", agregó Hank, fallando por diecinueve años el día de ingreso de Joe a la universidad de la Agencia Central de Inteligencia.

Hank había recogido a Joe bajo sus alas la segunda semana luego de su ingreso a la fuerza por un motivo que pocos conocían. El joven Joseph Lee Ingram era el único en la división que no se ufanaba de hablar varios idiomas, tener un diploma en leyes o un conocimiento importante en computación. Hank Elliot pobremente hablaba su idioma nativo, quebraba todas las leyes posibles y -allá por los años noventa- apenas podía levantar la tapa de su Motorola MicroTac.

"Que significa ese pelo todo batido que usas ahora?", criticó Hank "Recuerdo tu primer día. Tenías el pelo tan tirante hacia atrás que casi no podías respirar…"

"Y tu no tenías ni una sola cana", contraatacó Joe.

"Se llaman *marcas de guerra*, Joey"

"Se llama vejez, Hank"

Simone caminó lentamente, moviendo exageradamente sus caderas, un escándalo en esos tiempos. desde los jardines hacia los soldados. Extrajo un cigarrillo y Soldado 1 lo encendió.

"¿Sabe que haría mi padre, el coronel, si lo encontrara coqueteando conmigo, a las puertas de su casa?", dijo Simone arrojándole humo a los ojos.

"No, señorita. De ninguna manera ha sido mi intención…", dijo Soldado 1, nervioso.

"¿Y qué diría mi padre, el coronel, si nos encontrara besándonos?"

Ella lo atrajo y se fundieron en un apasionado beso.

Hank Elliott se hundió en su butaca para poder observar a su consternado amigo con el rabillo de sus ojos. Joe Ingram se preguntaba que habría detrás de las paredes laterales del teatro *The Pacific*, si el mundo era plano o si podría llegar a tiempo a casa para ver el juego de baloncesto.

La cena tardía era disfrutada por tres desconocidos. Uno tentado de risa y la pareja en silencio. Hank los contemplaba con la certeza que la disputa estallaría en cualquier momento, pero fue paciente. Odiaba ser acusado de ser el incitador de los problemas, algo que sucedía a menudo. No esa noche, esa noche era un ángel pacificador, hasta tanto pudiera resistir.

"Está bien" finalmente admitió Kathy "El beso no está en el libreto original…"

"¡Lo sabía!" dijo Joe erigiéndose y arrojando la servilleta sobre la mesa. Era una mezcla de un triunfo agridulce. Sonreía, pero con rabia. El regocijo de tener la razón, y el amargo sabor de que un beso actuado parecía más real de lo que correspondía "¡Lo sabía! Hubiera apostado mi alma"

Hank estalló en risas. Kathy, a punto de dar una explicación, finalmente acompaño a Hank hasta llegar a las lágrimas por la carcajada.

"Es una interpretación… muchas veces una queda atrapada en el personaje, y el mío está enamorado de ese hombre. Joe, te lo he explicado…"

"No, no, no, no, no… ¿Y si fuera Shakespeare? ¿Improvisarías si fuera Shakespeare?"

Hank intervino. No porque le interesara el mundo de las disputas matrimoniales -por algo se había divorciado tres veces hacia ya mucho tiempo- sino porque estaba experimentando una diversión que no vivía desde Waco y los Davidianos.

"Tienes que admitir, Kathy, que besar una calavera debe ser más agradable que chocar lenguas con ese actor afectado y sobreactuado de la función de esta noche"

Hank se instaló a sus espaldas y concentró su mirada en la pantalla del ordenador. Joe sintió que un cuervo silencioso trataba de apoderarse de su cuello. Se volvió un par de veces buscando ayuda.

"Hank…"

"No tengo autoridad"

"Algo que me sirva, al menos para comenzar"

"Joe, es si o no. Así de simple"

Con la ayuda de sus pies, Joe atrajo una silla e invitó a Hank a descansar su trasero.

"¿Cómo fue tu primer contacto?"

"Déjame pensar…," intentó Hank Elliot "Nunca tuve contacto con ellos"

"¿Y que se supone que yo deba hacer?"

"Joe, no tengo idea. Nunca pregunté y nunca preguntaré"

3

El agua comenzó a penetrar por sus fosas nasales y su propia tos lo despertó. Escupió. La confusión, pero mayormente la oscuridad le hacían preguntarse dónde estaba y la razón por lo que chorros inundaban ese espacio tan rápidamente. Acercó su boca a un espacio de aire con la intención de oxigenar sus pulmones. El lugar parecía ser una sólida superficie, pero acolchada, de todas maneras, su cabeza sufría sus propios embates por salir, por ganar aire, por escapar. Ya Conrad Kiel no pensaba como había llegado a ese lugar, tampoco su vida pasó frente a sus ojos en segundos. Solo trataba de sobrevivir. Se puso de espaldas contra lo que sospechó era un piso y comenzó a dar golpes con las suelas de sus zapatos a lo que intuyó era un techo. No consiguió otra cosa que darle una oportunidad más a las corrientes de agua que se filtraban cruelmente y el nivel de estas subió. Conrad contaba solo con unas pulgadas en una cavidad de aire para respirar. Cada vez que alcanzaba ese sector, su cuero cabelludo, su nariz, su boca, recibían un impacto cortante. Sin comprenderlo, ante la proximidad de la muerte, Conrad comenzó a revivir eventos cercanos. Seguía sin estar seguro donde estaba, pero comenzó a rememorar donde había estado momentos antes.

Las Cowgirls de Benito habían subido al escenario meneando exageradamente la cintura, acompañadas de un sonido tropical bajo un aluvión de aplausos y silbidos de un sudoroso y bastante alcoholizado grupo de espectadores. Botas de cuero, cartucheras y dos revólveres de juguete era todo lo que acarreaban sobre sus cuerpos. La líder, la rubia, la *Americana*, llevaba un sombrero negro intentando y logrando personificar a la villana sexy. Si bien su nombre era Jennifer Stone, todos la conocían como la *Americana* y nadie sabía cómo había llegado a ese local de baja categoría al que llamaban club de caballeros. Con algún dinero en sus bolsillos se había instalado en una colonia veraniega, operando un tiki-bar sobre las arenas cristalinas de la playa de Las Moras, pero los domingos, bastante menos ataviada que con un bikini, cantaba y bailaba en algunos locales nocturnos junto a Génesis y Juana, dos oriundas que era todo lo que podían hacer además de trabajar en la semana en una fábrica procesadora de frutas en latas. La *Americana* se distinguía por sus cabellos claros, su estructura alta y unos atentos ojos azules. Ya había superado largamente los cuarenta años, pero el tiempo aún era generoso con ella. Conrad, quien aún se mantenía en sus últimos tiempos como treintañero, deambuló por el lugar con un vaso de whiskey en su mano solo deteniéndose por breves instantes ante los sillones reservados donde obesos adinerados recibían danzas privadas de parte de encantadoras señoritas con delgadez de vestuario. Por razones de crianza, Conrad no era particularmente un hombre de cabarets. Al poner los pies en las instalaciones, esperaba sentirse nervioso, incluso incómodo. Hay algo en las mujeres en ropa interior que (a menudo, no siempre) le afectaba en el sentido de que era un hombre a la antigua, nunca hubiese esperado avances por parte de mujeres. El necesitaba la adrenalina de aproximarse y tomar la iniciativa en la conquista romántica. El resto de los hombres, en ese ambiente, se vuelven envalentonados, más asertivos en sus progresos hacia las mujeres que no están desnudas. Pero ante la desnudez. Conrad entendía que hay una dosis extra de conciencia.

También se sorprendió la facilidad con la que algunos clientes perdían la compostura, tratando a las trabajadoras como burda mercancía, permitiéndose manosearlas e incluso estrujando pezones y golpeando sus muslos con cierta violencia con las almas de sus manos. Conrad Kiel se permitía ser tan audaz como para afirmar que, para la mayoría de las mujeres, se necesita mucho más que ver un cuerpo para sentirse excitado. Pero cuando los hombres veían un trasero, un pecho, una mujer bailando seductoramente, perdían el control, más en esa selva urbana donde el más fuerte se imponía. Esos hombres eran material de estudio psiquiátrico. Es cierto que, pese a las faltas de respeto, él sabía que las strippers no eran las que estaban siendo controladas, sino que estaban controlando a los hombres. Tenían a los hombres en el salón como marionetas en sus manos, simplemente abrazando su feminidad, usando sus curvas y mostrando lo sensual que eran.

Todas las mujeres eran hermosas, con lencería en diferentes estilos, con ropas reveladoras de colores brillantes cuidadosamente decoradas con perlas y botones de metal como accesorios. Las mujeres que no estaban en el escenario simplemente se acercaban a los patrocinadores, se presentaban, preguntaban cómo les iba a todos y si alguien quería un baile privado. Pese a que seguramente no poseían cultura, ni educación básica eran sociables, inteligentes, empresarias, calculadoras, exitosas. Y no había peligro. Los dueños protegían a las mujeres, a su inversión, a su mercadería, seguras mientras trabajaban. Estas mujeres estaban más seguras en el club de striptease que en sus casas, con sus familias. En los clubes, las mujeres serían manoseadas, sus traseros estrujados, sus pezones pellizcados, pero en el club de striptease, las bailarinas eran reverenciadas, respetadas y protegidas por sus jefes. Esto se traduce a que no serían asesinadas y ese era el máximo respeto que obtenían, y con ello estaban conformes. Conrad se acomodó en su asiento junto a la barra y tomó un sorbo de licor. Nunca se había sentido tan relajado en su vida.

Conrad pensó que podría argumentar en un discurso completo sobre por qué el estigma probablemente se deriva de los ideales sociales sobre cómo las mujeres deberían hacer su dinero y la forma adecuada de comportarse, al menos eso era o que deseaba que los demás pensaran.

Por supuesto, fue al club de striptease siguiendo directivas estrictas. Por lo tanto, su perspectiva sobre este tema es posiblemente limitada. De uno de sus bolsillos extrajo un billete de veinte dólares y se lo entregó al barman, solicitándole una danza privada con *La Americana*.

"La Americana no da danzas privadas" dijo hosco, aunque guardando el dinero en su chaqueta.

La mente de Conrad inició una lucha interna tomando dos decisiones equidistantes. Podía propinarle un puñetazo en la nariz y a la vez volarle un par de dientes o decirle adiós al dinero, permanecer resignado, dócil para no alborotar el lugar. Se puso de pie, perdiendo la compostura, pero ganando la suficiente distancia para que el impacto sea pleno.

"*La Americana* puede decidir por si misma" dijo una dulce pero firme voz a sus espaldas. Conrad se volvió y encontró a una hermosa mujer que cubría su sexy disfraz de granjera con una bata de seda negra. Le extendió la mano "Mi nombre es Jennifer Stone. Jenny. ¿Cuál es tu nombre?"

Conrad le vio de cerca. Jenny Stone, *la Americana*, era, indudablemente, el clásico retrato de la bella *hija del granjero.*, esa típica muchacha de aspecto inocente, usualmente del medio oeste del país. Parecía lo suficientemente casta, cándida, ingenua tal vez, pero en realidad, una poderosa mujer que intentará llevar adelante sus propósitos como sea posible y en caso de ser rechazada tendrá una escopeta lista para disparar. En su línea de trabajo, si ella no dispara con su arma de fuego para matar a alguien, lo hará su enfermedad venérea.

"¿Jennifer?" preguntó Conrad.

"Jenny"

"Jenny. Mi nombre es Conrad"

"¿Maine?"

"Todo aquel que conozco dice lo mismo. Soy, en realidad, nacido en Kansas… Wichita"

Jenny Stone se señaló a sí misma, asombrada. Dio un paso hacia atrás.

"Dodge City"

"Dodge City," repitió él "¿Y qué haces aquí, vaquera? Ya no estamos en Kansas…"

"¿Que hago aquí? Lo que no haría en casa, claro. ¿La pregunta es qué haces tu aquí? No veo en ti al prototipo de persona que viene a descansar a este islote en el Caribe…"

"Negocios"

"¿Negocios?" preguntó ella. "Pues has venido al lugar equivocado. Déjame redireccionarte en el objetivo correcto" agregó tomándolo de las manos. Caminaron hacia un apartado en la oscuridad y lo arrojó sobre un sillón de dudoso cuero rojo. Ella comenzó a danzar y a frotar su cuerpo sobre él. "Este país es la capital mundial de tratos sucios, querido. ¿De qué clase de negocios estamos hablando?"

"La clase de negocios que solo un presidente puede decidir"

"Tu quieres tratar con el presidente Allegret. No creo que sea posible. No lo interpretes como una ofensa, pero para llegar al presidente Allegret, primero debes pasar por el filtro de varios de sus asesores"

Mientras el trasero de Jennifer saltaba desde su entrepierna a su cara y su cuerpo recreaba los sensuales movimientos de una cobra, Conrad bebió un nuevo sorbo. La tomó de la cintura y logró contenerla.

"Dos noches a la semana, a las cuatro de la mañana, un grupo de vehículos de la Guardia de la Ciudad se estaciona junto a un Cadillac gris en el estacionamiento trasero de este antro. Ocurre que este automóvil es el que se te ha adjudicado desde que eres la amante del presidente, unas semanas después de tu llegada. Eres escoltada hasta el Palacio Presidencial y en la mañana temprano vuelves a tu apartamento en la playa. Es ocurre todos los lunes y hoy, jueves"

Ella, por primera vez en mucho tiempo, se sintió desnuda. Tomó su bata y se cubrió.

"¿Tú vas a asesinar al presidente Allegret?"

Se sentó a su lado. Su mundo se había quebrado y su futuro disuelto. Conrad no contestó. No necesitaba hacerlo.

"Sucederá, Jenny. Con tu ayuda o sin ella"

"¿Que hay en esto para mí?"

"El placer de mi compañía"

"Vas a tener que esforzarte un poco más para convencerme"

"Solo puedo ayudar a recoger unas pocas de tus pertenencias, un asiento en un avión que saldrá temprano en la mañana y tal vez protección, una vez en América"

Ella se tomó el rostro. Se sintió atrapada, pero en medio de un ataque de pánico, entendió que estaba atrapada y que debía atenerse a las nuevas circunstancias. Le cedió las llaves de su auto, solicitándole que las dejara en el asiento del conductor.

"Hay dos inspecciones. Una antes de entrar en los terrenos y la siguiente antes de entrar a la casa presidencial"

"Déjame preocuparme de ello"

Treinta minutos antes de la llegada de la Guardia de la Ciudad, Conrad descansaba en el baúl del Cadillac. El movimiento le indicó que Jenny ya estaba al volante. También escuchó un breve intercambio de palabras antes que el automóvil echara a rodar. Percibió que otros vehículos se movilizaban tras ellos.

Conrad Kiel calculó un corto recorrido. Unos quince minutos. El automóvil se detuvo y el sonido de pasos sobre la tierra seca por un sol cruel, quebrándola, formando surcos, le dio pistas de que lo rodeaban. El capó se levantó y un soldado le apuntó con una ametralladora PKM con cuya punta revolvió ropas sueltas y un neumático de repuesto que había en el maletero. Sus ojos chocaron y luego de un eterno silencio, los quinientos dólares que Conrad le había dado un par de días antes dieron resultado.

"Despejado" le gritó a su superior sin quitarle la vista hasta cerrar el compartimiento.

El automóvil retomó su camino Jenny aminoró la velocidad al mismo tiempo que destrabó el portaequipajes con su control remoto. Conrad saltó del carro en movimiento rodando hasta unos setos tupidos donde se ocultó. Finalmente, en poco tiempo Jenny se detuvo ante la casa central. Un hombre delgado, un civil, la recibió en la puerta. La saludó amablemente, pero le pidió que abriera su cartera. Una vez satisfecho, le rogó que lo acompañara. Las grandes puertas de cedro se cerraron tras el paso de Jenny. Desde allí la observó Conrad. Si realmente hubiera querido controlarse, podría haberlo hecho. Estaba entrenado para ello, pero también lo estaba para llevar a cabo un plan sin limitaciones y desarrollar en otros su metodología salvaje. De esta manera, saltó sobre uno de los guardias que protegían la casa y ejercitó la forma más rápida e indolora (aunque le era indiferente) que conocía. Sobre la garganta, fue veloz, y practicó solo un corte rápido en la yugular, el soldado empezó a desesperarse y no pudo gritar. Perdía el conocimiento sin entender que se desangraba. Conrad lo abandonó, ya no era un riesgo y moriría en minutos.

Conrad, a sus cuarenta y siete años, tenía poco para dar en cuanto a sus habilidades atléticas. Se arrastró bajo un cerco de hierro y alcanzó un canalón de metal. Zamarreó el desagüe un par de veces para cerciorarse que resistiría su peso. Comenzó a trepar rezando que los ruidos del drenaje se confundieran con los de la noche. Logró llegar a un balcón luego de lastimar las palmas de sus manos durante ocho metros y comenzó a buscar cables, cámaras y alarmas. Sobre el tomavistas rotativo pudo afianzar un par de ramas de una planta tropical. Sus encías ardían, su aliento era pesado y sus brazos eran cada vez más pesados. Empezó a presionar la puerta en busca de cables. Poco podía ver entre las escuetas grietas. El esfuerzo consiguió hacerle resbalar, cayendo de rodillas, y desde su cintura se desprendió la Walther P22 que lo había acompañado durante tanto tiempo. El arma rebotó en la loza y giró sobre si misma varias veces. Reposó su mano en la cerca del balcón y se inclinó cuanto pudo para recoger la pistola, en el instante que la puerta contigua del balcón se abrió para dar paso a la inmensa silueta del presidente Allegret. Él había visto fotos del tirano -nunca desnudo-, pero no pensó que fuese tan amplio, tan azabache, tan inmenso. Allegret le sonrió, pero su rostro se convirtió en piedra al instante y comenzó a llamar a sus custodios. Allegret se comportó como si ratas estuvieran acechándolo, saltando en punta de pies y gritando como una pequeña niña. Bastante ágil para un hombre de su tamaño, el estómago y los largos pechos del presidente rebotaban entre si en cada salto. Sus muslos se movían de una forma extraña, de lado a lado, y como si una corriente de agua golpeara contra una pared se elevaban y caían en forma de ola rompiendo sobre la arena. En su entrepierna, sus partes privadas jugaban a las carambolas. Dos de los guardias se volvieron hacia el balcón y un grupo de ellos corrió en dirección de la casa. Conrad, por primera vez dudando, apuntó su arma a la cabeza del mandatario y por primera vez falló por casi un metro. Los dos impactos se alojaron en el marco de madera de una ventana junto a Allegret. Una tercera puerta a sus espaldas se abrió y dos manos tomaron el brazo de Conrad. *La Americana*, con un disfraz de heroína de historietas lo arrastró dentro de la habitación, a través de unos corredores, fundiéndose en una jauría de soldados, para finalizar en su carro. Con *La Mujer de Caucho* al volante, el Cadillac arrolló guardias y atravesó vallas hasta hacer saltar el sólido portón de hierro de la salida. La primera esquina, y la primera maniobra bruscamente ejecutada por Jenny, obligó a Conrad a sujetarse de los apoyacabezas, pero le permitió observar que tres jeeps rodaban tras ellos, lanzando fallidos proyectiles que vandalizaban casas tratando de ubicarlos como objetivo. Jennifer Stone chilló inquiriendo por un destino. Conrad Kiel le dio su teléfono, con el GPS indicando el norte, la zona de los acantilados. La mujer guiaba encogiendo los hombros, como si eso la escudara de las balas que la escoltaban celosamente. A su paso, un par de camionetas trataron de detener la marcha formando una muralla, pero el Cadillac se negó y avanzó dividiendo la improvisada cerca, conquistando su paso hacia los despeñaderos. El camino montañoso ofrecía una pared de jungla y arcilla hacia un lado y los precipicios al mar hacia el otro. Una ráfaga de plomo hizo estallar la luneta y Jenny perdió el control, destruyendo las frágiles barandas de una madera, ya maltrechas por el salitre y el sol, cayendo lentamente al abismo. El Cadillac cayó sobre sus ruedas, para volverse en segundos y hundirse casi de inmediato. Conrad escupió ese líquido indeseable. La confusión, pero mayormente la oscuridad le hacían preguntarse dónde estaba y la razón por lo que chorros inundaban ese espacio tan rápidamente. Sintió el golpe de un aguijón en sus ojos, pero rápidamente superó el embate de la salinidad del agua. Entonces escuchó los golpes sin saber de donde provenían. El techo corredizo del auto navegó sin impedimentos hacia él, rozando su cabeza, golpeando sus hombros, deteniéndose en sus piernas. Una mano lo tomó de los cabellos y lo acarreó a la superficie.

"Ey, *Connie*" dijo Hank Elliot, mientras Conrad despedía agua por todos sus orificios. Hank volvió a introducir su mano. De esta galera de acero, esta vez extrajo el cadáver de La Americana. Parecía tan tranquila, pero una caricatura de la mujer que fue. Su cara blanca, lavada de cosméticos, anunciaba una muerte rápida, tal vez sin sufrimiento.

Hank, parado sobre el techo, con sus piernas abiertas, con un húmedo cigarrillo en sus labios, parecía inmortal. Tratando de recuperarse, Conrad echó una mirada hacia la costa. Tres jeeps humeantes exhibían sus últimas llamas y una docena de soldados sin vida yacían en el remanso del risco y en la abandonada playa. Hank terminó su fumar y arrojó la colilla al mar. Paternalmente, le dio unas palmadas en el hombro.

4

Jim Jameson, desde que se había unido a la división, más de veinte años atrás y seis después de su creación, llevaba un par de contenedores de plástico con comida preparada por su esposa la noche anterior a una sala de archivos en los subsuelos de un modesto edificio interno, casi imperceptible, tras el Museo de Artes de las Américas, no muy lejos de donde trabajaba, dormía y respiraba el Presidente, en la Casa Blanca. Jameson allí se sentía tranquilo, escuchando a Bach, comiendo sin modales a demostrar, leyendo revistas deportivas, sin llamadas telefónicas, ni secretarias anunciando compromisos de último momento. Comenzaba el periódico por la sección de deportes y allí se nutria con lo que había sucedido el día anterior con su equipo de baseball de la universidad de Connecticut, su alma mater. Luego, con el primer mordiscón, atacaba las noticias de política. Finalmente, en el momento del café, se concentraba en los memorándums oficiales. Sabía que su tiempo terminaba cuando los empleados del archivo tímidamente pasaban junto a él, buscando folios. Trataban de hablar en voz baja y caminar sobre sus talones. Jameson tomaba sus pertenecías en ese momento y se retiraba sin emitir una palabra, pese a ser recipiente de saludos.

Su oficina, en un último piso de seis, incluía una recepción con dos secretarias, June y Amanda, sentadas a ambos lados de la puerta principal. Frente a ellas, un par de amplios sillones que usualmente no reconfortaban a visitante alguno. June, alta, de piel muy clara, la más experimentada le dejó saber que unos hombres, sin cita, le aguardaban.

"Seguridad me informó que usted les había dado acreditación, señor Jameson" dijo a manera de excusa. Jameson asintió. Otorgó un vistazo a sus invitados y les pidió que lo siguieran con un golpe de cabeza.

Hank Elliot, abrazando unos sobres, acompañado por otro hombre, más joven y significativamente más bajo, ingresó a la oficina de Jameson, dudando por el hombre que lo seguía detrás. Hank se detuvo. Miró a Jameson preguntando por su situación.

"Tu también, Hank" dijo Jameson, invitando a ambos a tomar asiento frente a su escritorio "¿Hank…?"

Hank Elliot le entregó los sobres. Dos pendrives cayeron de allí sobre el madero. Jim Jameson conectó uno de ellos a su computadora y le dio el restante al otro hombre. En su pantalla, los informes y fotos de tres hombres aparecieron con un extenso repertorio de operaciones internacionales.

"¿Estos son los elegidos, Hank? Preguntó Jameson.

Hank asintió.

"¿Confías plenamente en ellos, Hank?"

Hank volvió a mover su cabeza. Se acomodó en su silla y sintió que debía explayarse.

"Confío plenamente que llevaran a cabo un gran trabajo, señor Jameson" aclaró.

Jameson continúo examinando a esos hombres. *Los elegidos*, de acuerdo con sus propias palabras.

"Hank Elliott, William J. Fournier. Es Asesor Especial del Departamento de Estado. Estará trabajando conmigo en este proyecto. Es de suma importancia que no haya comunicación con estos hombres. Ni de ti hacia ellos, ni de ellos hacia ti. Estaré en contacto contigo muy pronto, Hank. Ahora, si nos disculpas…"

Hank Elliot se puso de pie y se despidió simplemente moviendo su cabeza.

Una vez solos, Jameson y Fournier compartieron la pantalla.

"Estos son los hombres" dijo Fournier a manera de pregunta.

"Hank lo dice y yo lo creo"

5

La correspondencia acumulada luego de un mes ausente entorpecía su paso. En su vuelta a casa, en el pequeño Caravel Key, un viejo pueblo al norte de Florida, a pocos kilómetros del límite con Luisiana, Hank redescubrió que Caravel nunca cambiaría ya que era uno de esos sitios de pescadores que parecen congelados en el tiempo. Tranquilo durante las mañanas, desértico hasta el mediodía, entregado al descanso en las tardes y con algún movimiento y menguado bullicio a partir de los viernes y estrictamente en el bar de Jerry Kinsky, *Aurora*, un comercio lleno de muebles de madera raída, salvavidas, y cerveza negra. "La verdadera" solía decir el dueño. Hank atravesó cien metros de calle pavimentada con negocios a ambos lados en el mismo instante en que las primeras gotas de verano caían sobre el parabrisas y estacionó su vehículo frente a su casa. Era una línea de propiedades de madera junto al mar. Algunas con embarcadero, unas pocas con cobertizo para botes enclavada en una pequeña ensenada. Pescadores y otros envejecidos trabajadores tempraneros vivían allí. Hank, sin necesidad de grandes ajustes de comodidades, ni de incursionar en relaciones sociales, pensaba en la proximidad de su retiro y sin lugar físico al cual asistir para su actividad laboral, se había encontrado con el poblado por sugerencia de un agregado cultural de la embajada americana en Nigeria. "Para quitarme el estrés de mi interior, no hay nada como volver al hogar de mi infancia, de mi adolescencia. Nada mejor que Caravel Key. Al este del edén, al noroeste de Florida…" Hank, una década atrás, tras visitar la Estación Aeronaval de Pensacola en busca de información confidencial, divisó una señal de caminos indicando una distancia de 20 millas desde el lugar donde estaba. Luego de merodear por treinta minutos por las calles, playas, negocios y recovecos varios, compró la casa junto al muelle por menos de cincuenta mil dólares, aunque le tomó cinco años mudarse definitivamente.

Una preadolescente, cabellos dorados y de pequeñas trenzas, sentada en el jardín lindante, se desentendió de su teléfono celular y levantó su cabeza para examinar quien había llegado.

Agitó sus manos.

"Ey, señor Elliot" dijo con simpatía.

"Ey…," comenzó a decir Hank.

"Olivia" informó la niña.

"Ey, Olivia," se corrigió Hank "¿Qué haces aquí? Está comenzando a llover"

"Mis padres están discutiendo otra vez" reveló Olivia con cierta vergüenza, con mucha pena.

Hank se maldijo. Tantos años de tareas anticipándose a los riegos, detectando los engaños, y tropezar con su fingida amabilidad ante las simples verdades de una jovencita.

"¿Quieres sentarte en el porche de entrada?" dijo Hank señalando su pórtico, una antesala con unas pocas plantas sobrevivientes gracias a la madre naturaleza y dos sillas de mimbre que heredó de la familia que lo precedió. Olivia tomó su abrigo y se sentó mientras Hank dejaba su pertenecías dentro de la morada. Volvió a entreabrir la puerta y le preguntó si quería tomar alguna bebida. La chica asintió.

"¿Coca-Cola?"

Ella aceptó.

Hank retornó con dos latas de gaseosa y ella agradeció.

"Mis padres pelean a menudo. Casi siempre. Bueno, en realidad cada vez que el viene"

Hank bebió un largo sorbo, tratando de ganar tiempo para evitar dar una voz de apoyo. No estaba acostumbrado a interactuar con niños. Menos aún con niñas. Hank murmuró algo así como "Tal vez es mejor que no crezcas, los adultos somos criaturas sin finalizar"

Olivia no entendió su dicción, mucho menos su significado.

Hank decidió no explicar. A sus sesenta años no había aprendido nada de la vida y no quería aprender ahora. Luego de una conversación insoportable sobre sus notas escolares, su programa favorito en la televisión, sus pasatiempos y chicos lindos, la joven logró interesar a Hank cuando le habló, en realidad confesó -nunca lo había dicho a nadie- su pasión los automóviles, no solo carreras de coches, sino mecánica, diseños e innovaciones. Incluso le mostró un boceto que atesoraba en el álbum de fotos de su Smartphone. Tenía talento, Hank podía admitirlo y dejárselo saber. Un vehículo con líneas futurísticas, a su vez, con un toque de nostalgia. Se sorprendió que una muchacha eligiera un marrón oscuro y quiso preguntarle la razón, pero la puerta de la casa de su madre se abrió intempestivamente. La puerta casi arrastró el marco. Un hombre, tal vez treinta y cinco años, quizás menos salió con el rostro enfurecido dando largos, casi ridículos, trancos hasta llegar a una camioneta.

"Me haces enloquecer tanto!" gritó el tipo sin dejar de señalarla con sus dedos, amenazante "¡Siempre en mi contra, siempre culpándome de tus problemas y de los problemas del mundo y cuando necesito algo, nada! ¡No me das nada!"

El hombre subió al furgón y cerró la puerta con tanta violencia que esta se volvió a abrir, enardeciendo más a todo su cuerpo. Se marchó haciendo zigzags entre el lodo. Una mujer salió de la casa para verlo partir. Ese momento era para ella, sin dudas, el mejor momento de su día. Vio a su hija junto a Hank. Se volvió a ella, avergonzada.

"Vamos, querida," le dijo a la niña "Es tarde"

Hank cocinó una mezcla de huevos en polvo revueltos con salchichas y vegetales enlatados. Si bien un desayuno en The Original Kitchen Café en San Diego, California o una cena en Jean-Paul Bistró en Niza podrían ser un tanto más lujoso, su fusión casera era rápida, abundante, barata y sabrosa. Manoteó una botella de cerveza que previamente había alojado en el congelador, encendiendo el televisor, se arrojó al viejo sillón reclinable, elevando sus pies. No pudo probar bocado. Llevó el tenedor a su boca y fue interrumpido por golpes a su puerta. ¡Maldita sea mi existencia!

Hank caminó a la puerta y encontró el sonriente rostro de Olivia, alzando un plato de losa cubierto con papel de aluminio. Olivia lo extendió hacia él.

"Bobby Sue pensó que tal vez no tenía nada para comer y estaría hambriento después de un largo viaje"

"Oh, no era necesario… ¿Por qué piensas que fue un largo viaje?"

"Todo queda muy, demasiado lejos de Caravel Key. Fue un largo viaje" sentenció Olivia.

Hank asintió con pena.

"¿Quién es Bobby Sue, a propósito…?"

"¡Oh!," expresó la chica "Bobby Sue es mi madre"

Vigiló que, entre las sombras de la noche, Olivia retornara a su casa y llevó el platillo a la cocina. Descubrió el papel de aluminio y se halló frente a una aleación de huevos revueltos con salchichas y vegetales. No eran de lata.

6

Una vez que creyó haber terminado, Michael Smith le dio un largo y objetivo vistazo a su jardín trasero. Sus ojos se decepcionaban frente a un espacio desértico y de color ocre apagado en lo que se suponía sería verde y esplendoroso eternamente. Arrojó la azada entre los surcos y se sentó aguardando que su esposa le indicara que no había terminado. Luego de veinte años de casado había descubierto que era feliz solo mientras trabajaba. Pero Smith no podía vivir sin compañía. Tanto en su matrimonio como en su profesión, prefería caminar sobre brazas que estar solo. Desde muchos que hablaban a sus espaldas o que nunca había escuchado hasta su propia hija se preguntaban como este hombre sobrevivía en el ambiente hostil que su cónyuge había creado y firmemente mantenía. La relación afectiva más importante que había tenido en los últimos años, dejando de lado a su hija, era el mapache que destruía su huerto de zanahorias cada mañana, forzándole a preguntarse una y otra vez como especies de vida silvestre se han adaptado a la vida ruin de la ciudad con tanta facilidad. Desesperación, se respondía. O miedo a la soledad. Su esposa golpeó con sus nudillos

los vidrios de la ventana trasera desde su posición en la cocina. Smith esperaba un reproche, una queja o un pedido. Ella comenzó a hacer señas que no el entendió. Finalmente, gritó:

"Hay una camioneta en la vereda. Ve a ver que quieren. Y no compres nada. Seguro es una de esas compañías que venden paneles solares. Y no te demores. ¡Hay mucho para hacer!" dijo Trisha Smith, imperativa. Michael rodeó la casa y salió a la calle utilizando una puerta en el cerco de madera. El vidrio trasero de una Durango negra bajó. Luego de unos segundos, dos dedos atenazando una tarjeta de presentación apareció ante sus ojos.

"Tal vez le interesaría dar un paseo, señor Smith. Quiero conocer lugares de interés. Ha sido bastante tiempo de mi última visita a Alexandria. Virginia se ve hermosa en esta época del año" dijo Jim Jameson sonriendo. Y cuando lo hacía semejaba a un buitre que había capturado a un ratón y lo hacía sufrir bajo sus garras sobre el cemento caliente de una solitaria carretera. Smith subió a la SUV y su partida fue acompañada por una Trisha boquiabierta. La mujer salió al patio trasero y constató la labor inconclusa. Protestando al viento, volvió a mirar su telenovela favorita.

Jameson se reunió con Joe Ingram en una plaza publica cercana al aeropuerto de Newark. Aprovechó para beneficiarse con los rayos de sol sobre su cara mientras esperaba sentado en un banco de madera que necesitaba una nueva mano de pintura.

"Un allegado tiene un alto respeto por su persona, es por ello por lo que no hice preguntas. Solo me limité a su palabra, leí su reporte y me satisfizo de sobremanera. También leí los artículos del incidente en el aeropuerto… tirándose sobre la granada. Impresionante. Y hoy, aquí, usted y yo nos encontramos sin siquiera habernos visto antes, señor Ingram. ¿Puedo llamarlo Joe?" preguntó Jim Jameson.

Joe asintió y tomó asiento junto a él.

"¿Hank Elliott?

"No hago preguntas. No doy respuestas. Nunca. No menciono nombres de terceras personas, Joe. Solo estoy interesado en saber si está a bordo o no"

Joe Ingram no tuvo tiempo para contestar. Jameson se alejó confirmando que recibiría instrucciones en los próximos días. Joe no era un hombre capaz de incomodar a otra persona, ni siquiera para saciar su propia curiosidad.

El primer vistazo del cementerio de Arlington impresiona más al comprender la cantidad de soldados, padres, hijos, esposos que están seis pies bajo tierra allí. Es pacifico. Es conmovedor. Es, además, un lugar que permitía que Jameson aclarara su mente. Cuando Conrad Kiel, junto a la entrada, fue interceptado, Jameson le invitó a caminar alrededor de la necrópolis mientras conversaban. Conrad así lo hizo, y ambos fueron vigilados, custodiados por el discreto paso de la SUV negra, metros atrás.

"Cuando me gradué… hace tanto tiempo que ya casi no recuerdo, pensé que enlistarme en el Ejército. Casi sin entrenamiento, en pocos días ya estaba en un avión con rumbo a Vietnam en medio de la guerra civil de Camboya, y me preguntaba que hacia en el medio del infierno. Un lustro más tarde, sentado en el medio de la jungla en zaire, rodeado de alimañas, que era la menor de mis preocupaciones, me atacó la misma pregunta. Y tuve una visión. Entendí el negocio de la guerra, la guerrilla y el comportamiento humano. En vez de trabajar para el gobierno por una mínima recompensa, ¿Por qué no trabajar con el gobierno y compartir las ganancias?" dijo Jameson. ¿Por qué estoy contando esto? Es porque no quiero que se lleve una idea equivocada acerca de mí. Soy exigente e insoportable. Pero se puede hablar conmigo. Solo entrego el objetivo, como se lleva a cabo, no es mi problema"

7

Hank Elliott estacionó su vehículo y comenzó a acarrear las bolsas de comestibles que había comprado en la tienda local. Olivia y su madre, enfundadas en idénticas camisas deportivas y pantalones cortos color caqui, intentaban transportar unos maltratados setos que ya habían crecido demasiado para vivir en pequeños potes.

"Ey, Hank" dijo Olivia.

"Señor Elliott" la corrigió su madre.

Hank respondió con una débil sonrisa. Desplegó la puerta de su casa y la dejó entreabierta para recoger el resto de las mercaderías. Dejó las mismas sobre su mesada de madera y volvió por la segunda carga. Junto a la entrada, el agradable rostro de su vecina. Lo tomó por sorpresa. Tenía en sus manos el resto de las bolsas. Y por su esfuerzo al hablar, eran las más pesadas.

"Señor Elliott, mi nombre es Bobby Sue Wayne y quería agradecerle… disculparme por lo que sucedió el otro día con mi exesposo. El, Brandon, es algo… impulsivo. Creo que es algo que debe haber incomodado a todo el vecindario. Y gracias por entretener a mi hija… y que no viviera el desagradable momento… gracias…"

Hank tomó los paquetes agradeciéndole con un seco golpe de cabeza. La mujer, de todas formas, no se movía de su porche.

"Usted sabe, hemos sido vecinos tanto tiempo, mucho tiempo y no se mucho de usted. No me malinterprete, no es de curiosa, de entrometida, es que creo que los vecinos deberían tener más acercamiento… creo yo…" continuó Bobby Sue.

Hank dudó. No sabía si darle su tarjeta de presentación o permanecer mudo.

"No hay mucho que contar…"

"Cualquier cosa que sea, es más interesante que nada. Si no tiene planes esta noche, señor Elliott…"

"Hank"

"Hank…" concedió ella.

"Y Olivia puede llamarme Hank, señora Wayne Es muy respetuosa, consideró que se ha ganad o el llamarme Hank"

"Okay," dijo alegremente "Hank… si no tienes planes para esta noche me encanaría… a Olivia y a mi nos encantaría invitarlo a cenar a casa… como muestra de mi apreciación"

Hank dudó.

"No soy mala cocinera…"

Hank trató de buscar una excusa.

"No es necesario…"

"Si, lo es," dijo la joven madre perdiendo la sonrisa. Bajando la cabeza, descerrajó casi una confesión: "Hace mucho tiempo que no sostengo una conversación adulta…"

Hank aceptó a regañadientes.

"¿Ocho en punto?"

"No querríamos que la comida se enfríe"

"No querríamos que la comida se enfríe" confirmó ella.

A quince minutos de la hora pactada para la cena, Hank se encontró en el medio de una encrucijada. Una botella de vino era poco, dos botellas podrían enviar mensajes equivocados. Bobby Sue podría pensar que era un furioso tomador o que pretendía emborracharla. Una botella fue la decisión final. Había, de cualquier forma, algunos elementos interesantes en su nevera. Pudin de chocolate a medio engullir de la noche anterior, conos de cereal para helados que trituró con sus propias manos e integró a la mezcla y la cubrió con crema, batida endulzada, que ha sido preparada en un comercio de la zona hasta que consiguió una consistencia ligera y esponjosa. Espolvoreó el menjunje con una barra de chocolate que apisonó con un periódico suficiente. Hank lo examinó. Nadie creería que se trataba de un postre elaborado, pero con una flor silvestre que arrancó a su paso a la casa vecina, sobre la nata, obtenía un toque distinguido.

A las 8:00PM, Hank estaba tras la puerta de sus anfitrionas. Una botella de Rinet Red de 1978 en una mano y un postre de invención casera en la otra.

A las 8:01PM, los tres estaban sentados a la mesa. Bobby Sue había sospechado que un hombre de su clase, cualquiera que esta fuera, era adicto al bistec. Casi medio kilogramo de carne candente acompañado de unas zanahorias bebe que navegaban en un caldo difícil de describir abarcaban la dimensión de su plato. Olivia y Bobby Sue compartían el otro bistec.

"¡Madre! ¡Sabes que soy vegana!" protestó Olivia.

"¿Desde cuándo?"

"¡Desde siempre!"

"Olivia, aquí presente, es una galera mágica de cambios intempestivos. Hasta no hace mucho, tenía un compromiso con la vida, para salar a Ted Buriatos del corredor de la muerte…"

"Quien es Ted Buriatos," preguntó Hank "¿Ted Buriatos? ¿El tipo que asesinó a su esposa y se la dio a comer a sus perros?"

Bobby Sue, riendo, esperó hasta ingerir un trozo de carne.

"Y luego regaló sus perros a sus suegros" dijo Bobby Sue.

"Allí fue cuando cancelé mi compromiso," afirmó Olivia divertida, pretendiendo enojo, con ceño encogido "¿Te gustan los perros, Hank?"

Hank sintió los ojos de Bobby Sue incrustarse en su nuca.

"Depende. ¿A tu madre le gustan los perros?"

"Ya tuvimos un perro. *Einstein*. Yo lo alimentaba, lo llevaba a pasear, al veterinario, lo bañaba, lo cepillaba y ella solo jugaba con él. Olivia no lo cuidaba" La madre dijo firmemente, desenmascarando a Olivia.

"¿El perro se llamaba Einstein? ¡Mierda!"

"Tenía el pelo escandalosamente desordenado. Parecía Albert Einstein, y como Albert Einstein, tenía la lengua afuera…"

"¿Y qué sucedió con el bueno de Einstein? El perro, no el científico…" preguntó Hank.

"Conoció a la perra de un vecino y se mudó con ellos…" dijo Bobby Sue, haciéndose de hombros "No puedo culparlo"

Hank relató algunas historias de su padre como propias. Robert Elliott había sido empleado de una empacadora de vegetales. Nada excitante, nada apasionante. Tal vez la mujer estaba esperando un abanico de aventuras pomposas, pero Hank declinaba exponer virtudes pomposas fáciles de ser desacreditadas por una simple investigación en internet.

"Creo que es hora" dijo Bobby Sue mirando a su hija. Esta le rogó por una hora más de sobremesa y prometió que, pasado ese tiempo, se iría a dormir sin protestar "Pretendamos por esta noche, solo por única vez, ahora, que tenemos un huésped, que Hank nos honró con su presencia, que yo te solicito algo y tú lo cumples a rajatabla. Solo esta noche…"

Olivia se despidió de ambos advirtiendo a su madre: "Sabes que no voy a dormir y miraré en la tele algo por un par de horas…"

Olivia se marchó sacudiendo sus fondillos, en una improvisada danza victoriosa.

"No puedo con ella," dijo Bobby Sue, aunque sonriendo "Es una buena chica, considerando…"

"Si, lo es. ¿Cuánto tiempo hace que tú y Olivia son Bobby Sue y Olivia, y no Bobby Sue, Olivia y...?"

"¿Perdón? ¡Oh, Brandon! Si... no... Brandon y yo hemos estado separados desde hace mucho tiempo ya. Nunca estuvimos juntos, en verdad. En ese entonces Olivia tenía cuatro o cinco años. Era como vivir con dos niños para mi..."

Su historia no difería de muchas otras. Fugada a los dieciséis años, embarazada a los diecisiete, abandonada a su suerte a los dieciocho. Con una niña a cuestas, muchas veces sin hogar, sobreviviendo de cupones del gobierno y de la generosidad de las personas. Seguramente del despilfarro de algún restaurante de comidas rápidas. A los veinte años entendió que debía reinventarse y, con periodos de tregua, se distanciaba de su novio, el padre de su hija, hasta lograr que abandonara el hogar. Bobby Sue se había inscripto en un colegio donde estudió asistente de enfermería en las tardes y agente inmobiliario en las noches, mientras trabajaba desde la 4:00Am hasta las 2:00PM en la empresa procesadora de pescados local. Mientras Olivia crecía, la ayuda de sus vecinos menguaba y las cosas parecían sonreír para ambas, aunque ella, luego de leer el último libro de cuentos a su hija, lloraba por las noches. Un par de años después, Bobby Sue Wayne, conservando su trabajo matutino, lograba vender alguna casa o alguna granja ocasionalmente. *Una perdedora*, pensó Hank. Pero él estaba hecho para las causas desafortunadas.

"¿Me permites usar el baño? Después de tantas horas tengo que retocar mi maquillaje" bromeó Hank.

Ella sonrió y apuntó en dirección de su dormitorio.

Hank levantó el asiento de un baño sencillo, con paredes amarillas y adornos de un tono rosa pálido que inundaba el lugar desde las cortinas hasta las toallas. Se preparó mentalmente para un procedimiento que absorbería toda su paciencia. Mientras aguardaba vio su rostro en el espejo. Un hombre apuesto, alto, con arrugas y unas pequeñas cicatrices que todavía no habían deformado sus facciones. Su cabello casi gris caía hacia atrás desde su frente y ningún estilista había logrado convencerlo de teñidos o tratamientos para oscurecer su presencia. Finalmente comenzó. Un flujo urinario débil chocó contra el agua residente en el inodoro. Esa micción frecuente, a veces varias veces por día y durante la noche, lo había comenzado a molestar desde hacía un año. La incapacidad para vaciar completamente la vejiga, desde unos tres meses. Pero Hank era nulo para medir los niveles de peligro y visitar a un médico. Hank hizo correr el agua y se aseguró de dejar la loza limpia y la tapa baja. Lavó sus manos y utilizó una pizca de pasta dentífrica para darle un sabor distinto a su garganta. Abrió la puerta aun acomodando su camisa y se encontró con una figura perfectamente diseñada y construida. Cabellos sueltos que formaban una cascada hasta sus senos, redondos, precisos, sin evidencia de intervenciones ajenas a la naturaleza. Su estómago era plano, sin ser delgada, Bobby Sue podía presumir de una piel lozana, intacta,

"No creo que sea una buena idea"

"Tampoco yo," dijo Bobby Sue adelantando un paso hacia Hank "Pero no he tomado malas decisiones en mucho tiempo"

"Tengo edad suficiente para ser tu padre" dijo Hank, aproximándose.

"Tienes edad suficiente para ser mi abuelo" aclaró ella poniendo sus manos sobre las solapas.

Hank sonrió. Las formas desnudas de Bobby Sue no le inspiraron a una lujuria peligrosa que seguramente apresaba en los hombres del pueblo cada vez que la vislumbran. Bobby Sue podría haber pasado por una calle creando fantasías, y su presencia despertaría al guerrero que está adentro, quien, después de que ella se va, corre junto a su poco atractiva esposa para saciar instintos salvajes. Pronto, Hank formó una turba de uno, decidido a encontrar a la mujer desnuda bordeando su espacio, y estalló un frenesí mezquino de violencia y envidia sexual. Ambos rebotaron contra las paredes y culminaron sobre la cama. Quienquiera que hubiese estado antes con ella no sería más que él. Hank, en su breve pero innegablemente poderosa versión de la maldad de su ego, de su machismo barato, expuso su punto débil y debió reconocer que estaba lejos de la civilidad, mostrando que justo debajo de la superficie se encuentra la naturaleza animal. Bobby Sue, un tanto asustada, tal vez comprensiva, acarició su cabeza y no lo molestó cuando el finalizó y se deslizó hacia el lado opuesto de la cama. Si bien Bobby Sue se sintió satisfecha, tuvo la conmoción de haber vivido una experiencia apasionante, pero surrealista.

Una hora más tarde, Bobby Sue descansó su mejilla sobre el pecho de Hank. Él respiró profundo y se volvió hacia ella. Cuarenta minutos después, Bobby Sue se sentó en su estómago. Hank Elliott cerró sus ojos. Deseó estar en fuego cruzado en los llanos de Afganistán. Ya prefería estar observando el partido de baseball en su sala de estar. O en un recital de cánticos religiosos. O tomando clases de crochet.

En la mañana despertó con sus músculos doloridos y sin compañía en la cama. Sobre la almohada una nota le decía que se sintiera como en su casa. Café caliente lo esperaba en la cocina y el cereal estaba en la alacena sobre el microondas. Podía imaginar en qué lugar estaba la leche. Apartó una rosa que le hacía compañía y se dispuso a soportar el dolor de las mañanas en sus músculos. Se preparaba a levantarse, pero se cubrió con las mantas rápidamente. Se odió por no haber tomado precauciones. Olivia, con una humeante taza le daba los buenos días. Hank miró su reloj.

"¿Tu madre se fue?," la adolescente asintió "¿No deberías estar en la escuela? Tú vas a la escuela, ¿verdad?" preguntó Hank sin interés, evitando que ella realizara incómodas preguntas.

"No los sábados, Hank." Contestó Olivia alcanzándole el brebaje.

8

Llovía sobre New York y Joe Ingram admiraba el fenómeno desde la ventana de su apartamento, saboreando una taza de café. Kathy, tras una doble función de teatro, había llegado dos horas después de la medianoche y aún permanecía en la cama, luchando contra el sueño. El poder de la infusión era tentador. Irresistible.

"Solo dame un sorbo de tu taza…"

Joe le había ofrecido preparar un expreso en la nueva máquina que habían adquirido para navidad. Joe se acercó y ella, como una niña caprichosa, se apoderó de la taza. Le preguntó si de ahora en más, con sus nuevas responsabilidades, sería frecuente que saliera en las mañanas.

"Y seguramente deberé viajar un par de días de la semana. Pero lunes y martes estaré aquí" dijo asegurando que, en sus días de descanso en la producción teatral, estaría con ella.

"No nos veremos casi nunca" protestó ella.

Era miércoles, y su primer día de su nuevo trabajo. Joe abandonó su apartamento y el edificio y caminó un par de manzanas hacia el sur hasta llegar a una cafetería frente a Gramercy Park, allí se sentó en el mostrador y ordenó café. Un hombre tratando de llamar la atención del cantinero se sentó a su lado.

"Café Americano y una de esas roscas de manzana frita," dijo el hombre volviéndose hacia Joe "Probablemente no debería consumir rosquillas, estoy tratando de vigilar mi peso, pero… mi pasión por los dulces me supera. Acabo de mudarme aquí cerca. ¿Es buena la comida en este restaurante?"

"Es… bastante buena" dijo Joe.

"¡Para llevar!," le ordenó a uno de los servidores "Todavía no me acomodo. Generalmente desayuno en mi casa, pero todavía no he encontrado ni la cafetera, ni el tostador"

"Ya veo"

"Encima, desde este nuevo lugar aun no puedo calcular el tiempo exacto para llegar a mi oficina. Si continúo llegando tarde, me despedirán…" aseguró el hombre recibiendo el café y la rosquilla "Mi nombre es Jerry Granier." Dijo ofreciéndole su mano "Espero verlo en otra oportunidad"

Cuando las manos se estrecharon, Joe sintió un elemento intruso en la palma de la suya. Granier adhirió, susurrando: "El señor Jameson le envía sus saludos"

Granier abandonó el establecimiento. Joe abonó su café y ganó la calle con su puño cerrado, celosamente custodiando la micro tarjeta de memoria que Granier le había entregado. Introdujo el dispositivo en su teléfono, y una serie de archivos mostrando fotos, nombres y domicilios apareció en la pantalla. Volvió a su edificio y decidió bajar a las cocheras. Se sentó en el interior de su automóvil y accionó nuevamente su celular. La lista reapareció ante sus ojos.

Trisha Smith había sido, y muchos creían que todavía era, una *jefa*, una pieza clave en un sistema que se conocía como *Los Maridos de Stepford*. Un territorio donde las amas de casa tenían a sus esposos como esclavos, sujetos con un collar atado a una caña de bambú, no muy larga como para que se escapen, no muy corta como para que se acerquen. Los miércoles por las mañanas empujaba a su esposo a visitar la feria de productos de campo que estaba en las afueras. Aducía que sus productos eran cultivados sin pesticidas, incluso las carnes. ¿Qué distinguía a Trisha de las demás, al menos en su propia mente? Sus rizos, por ejemplo, negros, lustrosos, cayendo como una cascada rebelde en la parte inferior de su cuello. Sus ojos marrones, del color de las hojas en pleno otoño. Su andar, tal vez, delicado, ensayado ante los dioses, sus pies delicados y tobillos moldeados por un artista. El hombre más observador podría notar la esbeltez de su torso, sus pechos vivaces, sus muslos sólidos, como los de una veinteañera, su postura esbelta, un brillo agudo, incluso triste, en sus ojos. Pero era el pasado. Trisha, conservando alguno de esos encantos, se debía contentar con los miércoles por las mañanas. Michael Smith acordonó sus zapatillas y subió a su carro conduciéndolo hacia la feria. Al llegar a la primera intercepción detuvo la marcha para observar a Donald, su vecino, ingresar sigilosamente a su casa. Michael acomodó el espejo retrovisor y continuo su marcha. Su vida había sido una larga marcha hasta llegar a su edad madura, desde una infancia en una familia disfuncional cuyos integrantes, madre y padre, y un par de hermanos mayores revelaban diariamente su excesiva adicción a la bebida. Era su turno, ahora era su turno, se repetía Michael cada mañana, y cuánto tiempo había esperado que fuera su turno. Pero esto nunca llegaba. Encendió un cigarrillo y se desentendió de su mujer y sus pecados. Por quince minutos en su viaje hacia la feria se sintió libre y puro.

Fresh Farmer Market, un tinglado de 200,000 pies cuadrados recibía más de 5,000 visitantes cada miércoles, un día en que los productos lácteos se vendían con descuento. Uno de ellos era Michael Smith, quien disfrutaba del paseo más que de comprar. Al girar hacia el sector de los pacles (El disfrutaba toneladas de ajíes en vinagre) la fachada dura de Smith se rompió por un segundo alrededor de los ojos y la boca al toparse con Jim Jameson. No esperaba eso. Jameson se sentó junto a una mesa de un pequeño centro de comidas y puso un periódico sobre el mueble. Michael Smith lo imitó y solo intercambiaron miradas. Jameson limpió sus lentes con la corbata y se marchó. Michael posó su visión en el papel. Luego sus dedos.

Conrad Kiel no tenía comentarios para hacer. Reprimió la ira y el miedo creciente. ¿En qué hotel le había dicho que se alojaba? Trató de recordar mientras en el fondo uno de los payasos callejeros de la tienda de vestimenta masculina Harrelson's reprendió suavemente a un niño por desobedecer a su madre y soltarse de su mano en un cruce peatonal. El labio de la mujer temblaba como si todo su mundo se le estuviera cayendo encima y todos los transeúntes la juzgaran. El payaso le dio un beso traspasándole una gran cantidad de pintura de grasa blanca, se quitó su nariz roja y se la colocó a la mujer aún aturdida por la extravagancia. Todos rieron, el niño también. El pequeño monstruo pegó un brinco y arrebató la falsa nariz de la cara de su madre y lo arrojó al medio de la calle. Siguiendo el rodar suficiente para que Conrad divisara The Genesis, un pequeño y peculiar hotel no muy lejos del Museo de Arte de Filadelfia. Caminó sin prisa y al ingresar al lobby encontró no sin dificultad las puertas de los elevadores. La habitación 408 estaba al final del pasillo y no necesitó golpear. William J. Fournier, sentado junto a los vidrios de una gran abertura hacia el balcón tomó un pen drive de su bolsillo y se levantó con velocidad caminando hacia una mesa. Un ordenador allí les esperaba. Conectó el dispositivo al puerto de USB y uno a uno, rostros e información se reflejaron en pantalla.

Fournier se dirigió a la salida.

"Puede conservar la computadora, señor Kiel"

9

No se trataba de su inminente problema de salud, sino de vivir en la casa contigua a su nueva amante y no haber podido finalizar la maratón sexual con una mujer que tal vez arañaba los treinta años fue que posicionó a Hank Elliott en el centro de un dilema huracanado. Sin quitarse las gafas, ingresó en la clínica del doctor Francis Rieti, quien tenía su practica en Pensacola, a unos cuarenta minutos de Caravel Key. Hank notó que no tenía la incapacidad de lograr y mantener una erección suficiente para tener relaciones o un impulso sexual reducido. sino una inquietante disminución de la satisfacción sexual.

El doctor Rieti tenía una cara agradable, pero desde el momento en que le había informado que era imperioso que le practicara un examen rectal, Hank no podía apartar su vista de los gigantes dedos del galeno. Envejecer apestaba. Envejecer dolía. Y el estaba a segundos de saberlo.

"Un agradamiento de próstata es, en mi modesta opinión, una de las razones de la disfuncionalidad sexual, *señor Dooley*. Solo será unos segundos" dijo el galeno colocándose los guantes. El ruido del látex amoldándose a las manos hizo que Hank Elliott, de pie, pantalones jugando con sus tobillos, con su estómago descansando sobre la camilla, con sus manos convirtiéndose en garras que rasguñaban los metales del mueble, casi sin aliento, sintió que perdía el control ante un pánico jamás experimentado. Un silbido le indicó que cierto gel caía desde un tubo plástico sobre el guante quirúrgico.

"Solo será unos segundos" repitió el doctor Rieti con una voz amable, casi dulzona, relajante para el mundo occidental, excepto para Hank "¿Planes para este fin de semana, *Señor Dooley*?

Hank volvió la vista hacia el doctor, que se situaba en un lugar estratégicamente peligroso.

"¿Después de esto, doc? Tal vez asistir a algún desfile gay…"

El doctor Rieti le levantó la camisola y le pidió que separara las piernas unos pocos centímetros más. Hank apenas movió sus pies.

"Más" solicitó Rieti.

Hank trató de hacerlo.

"Más"

Su boca, de pronto, se secó. Por motivos que no entendía no había estado respirando por su nariz, pero en ese momento, Hank no tenia intenciones de buscar la razón.

"Un poco más, *señor Dooley*"

El medico utilizó sus pies para correr los de Hank, dando leves golpecitos para lograr la distancia buscada.

"Solo para dejarle saber, y es algo muy común, es probable que este examen le provoque una erección"

"No lo creo, doctor. Usted no es mi tipo…"

Hank Elliott sintió una fría mano en su espalda recurriendo el camino a sus muslos e invadiendo su masculinidad. Abandonó su indefensa postura y subió sus pantalones con la velocidad que lo haría un fornicador ante la llegada de un furioso marido. Hank no hizo ningún esfuerzo por ocultar su ansiedad.

"¿Sabe, doctor…? No creo que sea el momento… aún no estoy preparado. ¿Por qué no reprogramamos esto para cuando me sienta mejor? ¿En quince años, tal vez?"

Hank extrajo un billete de veinte dólares de su billetera y lo introdujo en el bolsillo delantero del guardapolvo del profesional a manera de propina. El doctor Rieti lo vio partir conservando su dedo rígido apuntando al cielorraso.

Una hora mas tarde, Hank estaba en la comodidad de su hogar, frente a su ordenador, bebiendo un vaso de whiskey, tratando de comprar Sildenafil, Tadalafil o cualquier otra píldora mágica en okaydoctor.com, o en cuanto sitio web estuviera a la vista.

10

La llamaban Blue Place, como si fuera una gran finca con personal doméstico, caballeriza y que en las noches de verano hubiera sido el centro social de Infante, Indiana. Estaba enclavada en la zona rural y para llegar a ella había que atravesar una serie de caminos de huella, frecuentemente interrumpidos por pequeños riachos. La casa, en la soledad de la escena, parecía imponente desde la distancia, pero pequeña en la cercanía. La última persona que hubo compartido la casa con el hombre de chaleco gris había sido una exestudiante, Julie Hess, tratando que extraer su sabiduría o lo que quedaba de ella, luego haber permanecido a un grupo radical de los años setenta. Su esposa había muerto cinco años antes y desde entonces no se había molestado en acomodar o archivar cada periódico, cada revista, cada carta que le llegaba. Todo terminaba sobre la larga mesa del comedor. El hombre del chaleco gris apenas pagaba a la asociación del vecindario cincuenta dólares al mes para que decorasen la entrada, y lo hacía con gran desgano. Ahora, el hombre del chaleco gris, Sam Zakarian, se había convertido en un dios de los jóvenes que querían cambiar al mundo. El gurú de la rebeldía, el mensajero de la revolución. Treinta años atrás, y luego de desaparecer del mapa del mundo, Zakarian había comenzado a escribir boletines informativos enviándolos por correo a un selecto grupo de ingenuos y a otro no tan selecto de ignorantes peligrosos. Con el tiempo y el avance de la tecnología, sus cartas se convirtieron en correos electrónicos, y los correos electrónicos en una página en internet divulgando ideas que iban desde extraterrestres ocupando cargos en el Senado a varios clones que permitían al presidente estar en varios lugares al mismo tiempo. Pero entre ellas, el concepto de una posible lucha armada para tomar el control del país. Zakarian nunca pensó en transitar una vida rutinaria, pero a lo largo de los años se había sorprendido al levantarse a la misma hora, a las 6:00 AM, no más allá de las 6:30. Rara vez desayunaba antes de tomar una caminata de al menos una milla. Luego, una ducha que le demoraba el tiempo que le tomaba afeitarse. Con una taza de café y un par de biscochos se sumergía en su estudio, un espacioso ático que contaba con la bendición de poseer con dos grandes ventanas en el techo que le proveían de luz hasta las cinco de la tarde. Luego de escribir, leer, corregir y cambiar unas mil palabras, descendía para comenzar a preparar la cena mientras miraba programas políticos en la televisión. Una nueva caminata dejando las hornallas al mínimo poder, solo para mantener la comida cálida y siempre una taza de café en el microondas, para no perder tiempo y al retornar, disfrutar de la cena a solas. Uno de sus máximos placeres. A las diez de la noche ya estaba en cama. Un libro o el periódico lo forzaban a dormir en no más de veinte minutos. Excepto los martes. Ese día recogía su orden de alimentos en el supermercado vecino y se aventuraba a degustar una crema helada sentado en sillones de madera en la acera del local. Todos sus pasos eran predecibles y sin pretenderlo, los llevaba a cabo sin modificaciones.

En esa semana, bajo la celosa vigilancia de Joe Ingram.

Luego de su cena y la última caminata de la noche, Sam Zakarian abrió la puerta se quitó las zapatillas victimas del lodo y bebió un sorbo de café. Fue tomándose de los muebles a su paso, la taza de café cayó al piso de madera partiéndose en secciones. Zakarian llegó hasta la puerta de su dormitorio y se fue derrumbando como si sus huesos de hubiesen convertido en cartílagos.

Ingram atravesó Indianápolis guiando por la ruta interestatal 465, pasando Pendleton Pike hacia el corazón de Town and Terrace. Por lo que había observado días antes, cualquier callejón era el lugar ideal. Detuvo su marcha ante un abandonado galpón de Harvey's Produces y arrastró al mas delgado, menos resistente, más inconsciente de los drogadictos allí diseminados sobre las malolientes aceras y lo subió al asiento trasero de su auto. Sus ropas estaban cubiertas de grasa y su camisa blanca se había transformado en gris. Era un joven rubio, de larga y sucia cabellera atada con un cordón de zapatos hacia atrás. Sus veinte años semejaban cincuenta. Su mentón estaba desapareciendo y sus dientes separados parecían terrones de azúcar morena. Sus brazos, largos, sin vello, estaban triturados por punciones de agujas y sus ojos perdidos estaban irritados de sangre. Ingram le aplicó una inyección y el muchacho se extendió sobre el asiento, perdiéndose en el tiempo.

Una hora después estuvieron frente a la casa de Sam Zakarian. Al momento de ser deslizado hacia la casa, el joven preguntó donde estaba, ofreció sus servicios como taxi-boy, pidió dinero, exigió cocaína, rogó por crack y lloró por su madre. Lo acarreó hacía la pieza y lo acostó junto a Sam Zakarian, desnudo, con una extraña espuma que se había solidificado sobre los bordes de sus labios y sus ojos permanecían fijos apuntando hacia una pared. Sam Zakarian era simplemente un cuerpo. Ingram desnudó al rubio y arrojó sus ropas en la sala de estar, dejó sus raídas zapatillas fuera de la casa. Encendió el equipo de música, que se repetiría automáticamente hasta la mañana siguiente y puso un pesado revolver en esas manos percudidas y temblorosas por la acción de múltiples narcóticos. Disparó una y otra vez sobre el cuerpo flácido del extinto. La sexta bala fue reservada. Le auxilió a insertar el cañón en su propia boca y le ayudó a gatillar. El muchacho cayó sobre las piernas del otro muerto.

Anthony Gaklis era duro y cálido a la vez. Daba órdenes estrictas, pero corregía errores con comprensión. Recién había alcanzado los cincuenta años, pero su cara era juvenil, lucía un corte de cabello moderno, corto y prolijo, con un mechón que pretendía ser rebelde pero que arreglaba cada mañana con un gel extra firme para que cayera sobre su frente. Su torso, se podía asumir a través de una remera de combate ajustada, musculoso y forjado, sus piernas marcadas y brazos torneados eran producto de cinco millas de trote y una hora de gimnasio, incluso los domingos.

"Sabemos como respirar, como caminar, como y cuando comer y beber. Sabemos que debemos ser buenas personas y estar alejados de los conflictos, pero no sabemos como enfrentar situaciones de riesgo, dar un paso al frente y defendernos de los peligros, así sea un ataque en una calle oscura, o ante un robo, o ante un intento de abuso. Más de cien mil personas fueron asaltadas el año pasado en América y cualquiera de nosotros seguramente puede ser presa fácil de uno de esos altercados. Hoy y aquí, aprenderemos como hacerlo," dijo Anthony ante un grupo de mujeres compitiendo entre si sobre quien modelaba los pantalones elásticos más ajustados o las camisas sin manga más sugerentes de la clase de defensa personal que era parte del programa comunitario de la Iglesia Corazón de Jesús en Boston, Massachusetts "Mi nombre es Anthony. Si quieren llamarme Anthony, están libres de hacerlo. Si quieren llamarme Instructor, bienvenidas. Si quieren gritarme estúpido, tal vez tengan razón. A quien me llame Tony, no me daré vuelta. Mi madre pasó por un gran problema durante meses hasta decidir mi nombre. Aquellas que me digan Tony, será castigada con palmaditas en las nalgas…"

Todas rieron y una de ellas, con picardía, murmuró el nombre *Tony* en voz baja, si esa era la penalización. Anthony comenzó la clase con una serie de avances golpeando una almohadilla con una combinación de puñetazos y codazos que las jóvenes debieron recrear y terminó la lección con un sistema de repentización de puntapiés y rodillazos. Las agotadas alumnas corrieron a sus mochilas en busca de reponer sus niveles de líquidos y evitar calambres apoderándose de botellas de agua y latas de agua de coco. Anthony fue a los vestuarios y relajó su cuerpo bajo una ducha fría. Desde la puerta escuchó la voz de una jovencita. Y luego otra.

"Ey… Tony…" dijo la primera, una bonita pelirroja de veinte años, que hablaba con apuro, atrevida, con un tono cómicamente musical.

"Anthony, estábamos pensando en ir a *The Black Camel*, en Ridley Avenue por una cerveza o algo así. ¿Tal vez quieras venir con nosotras…?" Añadió la restante, quizás de dieciocho años, morena, alta, dueña de seductoras caderas, amplios hombros, de carnosos labios color fucsia, más diplomática.

Anthony interrumpió su aseo y dejó la zona de las duchas desnudo, reuniéndose con las mujeres, ahora sorprendidas. Anthony abrió su cabina en el armario de metal y fue entonces que la pelirroja apretó el brazo de la morena, exigiendo que posara sus ojos en una banqueta donde descansaba la ropa del hombre: Pantalones, camisa, medias y zapatos negros, y un inmaculadamente blanco cuello clerical.

"¡Seguro!," aclamó la idea Anthony "Pero primero unos *caballitos* de tequila…"

Las chicas dieron un paso atrás.

"¿Otro día?" preguntó una de ellas fingiendo leer un mensaje de texto en su teléfono celular "Mi madre recién me avisa que está aguardándonos con el automóvil estacionado en doble fila…"

El Padre Anthony John Gaklis se vistió y tomó su bolso de cuero negro dirigiéndose a su recamara. Atravesó los confesionarios rumbo al altar notando que a las 9:00 de la noche aún había un hombre rezando de rodillas en las bancas de la iglesia. Pasó frente a la sacristía e ingresó en la casa parroquial, localizada en la parte posterior de la edificación. En su habitación, se despojó de sus vestimentas y arrojó una revista sobre la cama superior de la litera. Siempre prefirió la cama superior, se sentía menos encerrado durmiendo en ella. Además, el Padre Dopazzi ya estaba viejo y no podía utilizar la escalerilla, ni saltar desde dos metros como frecuentemente él lo hacía. Se sirvió una medida de bourbon de Kentucky y se acostó encendiendo el aparato televisor. Infantiles comedias habían inundado la programación y Gaklis se metió bajo las cobijas para luego apagar la pantalla antes de ser vencido por el sueño.

Se despertó sobresaltado. La transpiración se originaba en su mentón y producía una catarata de sudor cuyo flujo serpenteaba sobre su pecho y costillas. Una figura difusa estaba delante de él. No podía distinguirlo. Era una figura azul, tal vez violácea, que estaba inmóvil, tal vez tranquilamente sentada enfrentando su cama. Tal vez le amenazaba. El sacerdote saltó de la cama y finalmente logró ver al hombre sentado a una silla, a dos metros suyo. Quiso hablar, maldecir, protestar, preguntar, pero un fuerte golpe paralizó su cuello y sus pies no le respondieron. El vacío, como si fuera una imaginaria resina resbaladiza logró vencerlo, bailó en el aire, se balanceó y golpeó su espalda sobre el borde de la cama. Su garganta se cerraba y se pudo ver agonizar en el espejo de su ropero. Un cinturón hacia las veces de horca, presionando y el roce le quemaba la piel. La aguja se había incrustado en su papada y había comenzado a sangrar. El cinto pendía de unas vigas de metal que flotaban en el cielorraso y rodeaba su cuello anudado en la hebilla. Pese a estar a centímetros de la cama inferior sus piernas no la alcanzaban. Ya sin aire en sus pulmones, perdió el conocimiento y su cabeza descendió hasta su pecho, sus hombros se quebraron y sus pies dejaron de vibrar. El hombre se aproximó por detrás eludiendo una posible reacción y constató sus inoperantes signos vitales. Anthony John Gaklis ya no era Anthony John Gaklis.

Michael Smith observó la biblia dorada sobre la mesa de noche y la abrió para dejar un recibo entre sus páginas. Sin acercarse leyó un capítulo.

Cuando Judas, que lo había entregado, vio que Jesús estaba condenado, se arrepintió y devolvió las treinta piezas de plata a los principales sacerdotes y a los ancianos. "He pecado", dijo, "porque he entregado sangre inocente".

"¿Qué es eso para nosotros?" respondieron "Esa es tu responsabilidad".

Así que Judas arrojó el dinero al templo y se fue. Luego se fue y se ahorcó.

Michael dejó el recibo de Dover Tools dentro de las escrituras y cerró el libro. El cinturón de cuero tallado había costado $19.95. El gancho, 9.25.

La presunción de inocencia es el principio jurídico según el cual toda persona acusada de cualquier delito se considera inocente hasta que se pruebe su culpabilidad. Bajo la presunción de inocencia, la carga legal de la evidencia recae sobre la acusación, que debe presentar pruebas convincentes al juzgador de hechos más allá de toda duda razonable. Este no era el caso de David E. Lloyd. Fue uno de los procesos con mayor carga emocional que llegó a los tribunales y al espectador americano. La hija de 12 años de Lloyd, Lily, fue encontrada muerta en un basurero cerca de su casa casi una semana después de su desaparición. Lloyd no pudo dar cuenta de sus acciones durante ese tiempo. Una prueba forense determinó que había tenido un cadáver en descomposición en su sótano en algún momento. Claramente, algo sospechoso había pasado. El problema era que nadie podía probar que Lloyd realmente había asesinado a Lily. Los miembros de la fiscalía sabían que estaba mintiendo, pero ninguna evidencia sólida significaba que podía perder su libertad. Ahora, David E. Lloyd caminaba entre la gente y hasta trabajaba como agente de seguridad en el San Joseph Memorial Hospital en Atlanta, Georgia.

Lloyd terminaba su turno a las 7:00Pm todos los días excepto los lunes, su tarde de descanso. En esa jornada, visitaba el club de estriptís *Cat's* en Piedmont Road. A veces se lanzaba a la ruta en busca de acción en Fulton Industrial Boulevard en donde por unos pocos billetes obtenía cierta satisfacción sexual encorvado en la parte trasera de su Nissan Versa blanco.

Esa noche volvió a la habitación del motel que llamaba casa pasada la medianoche con un par de hamburguesas, papas fritas y un vaso extragrande de refresco de naranja y crema. Mientras preparaba un cigarrillo de marihuana, encendió una vieja radio eléctrica y comenzó a mover el dial en busca de alguna composición de Rock Industrial/Rock Pesado que tanto le apasionaba. Se despojó de su ropa y comenzó a llenar la tina de baño. Se introdujo en la bañera y comenzó a fumar el enrollado de hierba. Relajado, disfrutando de la música, Lloyd comenzó a pensar en su exesposa, que lo había abandonado sin siquiera haber escuchado el fallo de su inocencia. Tal vez habría vuelto a su Wyoming natal. Quizás estaba casada. Posiblemente tenía otra hija.

La música se detuvo y Lloyd maldijo mil veces azotando el agua con la palma de su mano. A punto de ponerse de pie, vio que la puerta se deslizaba y un hombre portando una Glock en su enguantada mano derecha y la radio con el cable colgando en su mano enguantada izquierda. Usaba una gorra de baseball azul, anteojos oscuros y zapatillas de suela de caucho.

El intruso le impidió levantarse apuntándole al entrecejo. Dejó la radio en el hueco del lavamanos. Desparramó champú sobre una repisa de vidrio junto la bañera. Conectó la radio al enchufe eléctrico retomando una demoníaca melodía y la reposó sobre el anaquel enjabonado.

"¿Qué carajo…?" dijo Lloyd presenciando lo no deseado.

Con la sola ayuda de su dedo índice, el hombre deslizó la radio sobre el champú y el aparato cayó a la tina. Lloyd se contorneó y sintió que sus músculos se trenzaban. Sin poder moverse, su cabeza descendió hasta golpear el piso de la bañera. El invasor se quitó las gafas y los ojos inexpresivos de Conrad Kiel se cercioraron de la muerte *accidental* de Lloyd.

Tres recortes de periódicos estaban sobre el escritorio. El primero hablaba de un hombre del norte de Indianápolis supuestamente asesinó a su amante gay, aparentemente para mantener su relación íntima oculta al público, según decían las autoridades. Rory Wallenewsky, de 20 años, supuestamente disparó a Sam Zakarian, de 72, en el cuello y pecho repetidas veces para luego quitarse la vida. Los restos de ambos fueron encontrados desnudos, en la cama. El segundo comentaba la muerte de un conocido sacerdote católico en Boston. El último, un extracto de un diario online impreso en alguna biblioteca pública, relataba la noticia de David Edward Lloyd, recordado por ser el supuesto asesina de su hija adolescente cuatro años atrás, quien se había electrocutado en la tina del baño en un bizarro accidente acaecido la noche anterior. Jim Jameson juntó los recortes sin despegar su mirada de los ojos de William Fournier y les prendió fuego mirándolas desaparecer sobre la superficie del cenicero de cristal.

"¿Hay veces que se siente triste, Jameson" Quiero decir... ¿Se siente agobiado? ¿Res...?"

"No" dijo Jameson, terminante.

"Iba a preguntar si se siente responsable..."

"No"

William Jefferson Fournier guardó silencio, pero continuó preguntándole con breves gestos.

"Tal vez hay cosas que no sabe de mí, Fournier. Y quizás este es un buen momento para que se las comente. Hay dos comportamientos que dominan mi vida profesional: No hago preguntas y no doy respuestas. Soy bueno en lo que hago. Es por ello por lo que me tomo ese lujo" dijo Jameson señalando las cenizas "Esas personas, Fournier, esas personas son descartables. No las queremos en nuestra sociedad, no las necesitamos. fanáticos, violadores, asesinos. No los necesitamos. Ahora, si se trata de un ataque de conciencia..."

"No. No se trata de eso. Se trata de que hemos enviado gente a la calle a ser vigilantes, testigos, jueces y verdugos, todos, en un pequeño paquete"

"Y usted teme que se escape de nuestras manos..."

Fournier no estaba contento.

"He estado muy involucrado con este tipo de operaciones desde que tengo uso de memoria. Por más profesionales que sean, siempre hay agentes rebeldes que se salen de libreto"

"¿Y que sucede en esos casos?" preguntó Fournier.

"Son unidos a la lista de descartables. Comienzan a cometer errores, son unidos a la lista de descartables. Empiezan a hablar mucho, son unidos a la lista de descartables. Toman decisiones propias, son unidos a la lista. Piensan, son unidos a la lista"

"¿Sucede a menudo?"

"Son solo seres humanos…"

11

El viento había sido cruel en las últimas horas. Hank encendió una luz en el patio trasero y observó las olas furiosas golpeando contra su espigón. Las ramas de los árboles se balanceaban, arañando el costado y la parte trasera de la casa. Era inquietante escucharlo, el ruido de las ramas se transformaba en garras atacando los maderos de las paredes laterales, como buscando refugio, imponiéndose para entrar. Afuera, los arbustos perdían sus hojas en la tormenta y eran arrastradas hacia la bahía. Varios cortes de energía ya afectaban partes de la ciudad, debido a las líneas caídas y prontamente dejaría su casa a oscuras. Afortunadamente, todavía tenía luz, aunque no sabía cuánto duraría, por lo que comenzó a cocinar. Mientras el bistec se retorcía entre el aceite de la sartén, se aprovisionó de velas, baterías de linterna y, por si acaso, puso sus cigarrillos y una petaca de whiskey en los bolsillos de su pantalón. Por ahora, era imposible pensar en deglutir los potes de crema helada del refrigerador. Hank, frente a un televisor, observando un juego de baseball o una contienda de boxeo, podía ingerir medio galón de granizados siempre y cuando fuera chocolate o limón. El bistec, brillante, crujiente, con jugos que se desbordaban sobre la grasa de los flancos era una comida para los dioses. Lo salpicó con sal y lo llevó a la mesa. Ya no le importaba que la corriente eléctrica se interrumpiera. Los golpes a la puerta, sí.

"¡Que me cuelguen de las bolas!" dijo enfadado, arrojando el cuchillo y el tenedor sobre el plato.

Hank abrió la puerta y el viento lo abofeteó en la mejilla. La lluvia había empapado a un joven que erróneamente había elegido un traje color crema para vestir en medio de una tormenta. Sin hablar, temblando y empapado, extendió una bolsa enrollada en cinta plástica. El cabello lacio, cayendo sobre su rostro víctima del agua que corría por su frente y sus pómulos. Sus ropas colgaban pesadas, sin forma. La lluvia seguía alcanzándolo bajo el techo del porche, pero eso no parecía importarle ya que su ropaje estaba completamente arruinado. Hank vio un automóvil a poca distancia, por lo que la caminata hasta su casa fue breve bajo la lluvia. No que mucho le importara, pero Hank dilucidó que debía tener una muy buena razón para haber salido en una noche como esa. El joven extendió el paquete hacia Hank un poco más.

"Solo me ordenaron entregarle este paquete" simplemente dijo el recién llegado.

Hank lo recibió entre sus manos y lo agitó, solo por una inconsciente reacción.

"¿Cuál es mi nombre?"

"No lo sé, señor. Solo tengo su dirección"

Hank fue hasta la cocina y con la ayuda de unas tijeras pudo descubrir el contenido: Treinta fajos de billetes de cien dólares. Dejó el envío dentro de la pileta de acero inoxidable.

"¿Quieres pasar?"

"En realidad debería retomar mi camino…"

"En una noche como esta, no sería muy aconsejable permanecer en la ruta. Sospecho, además, que el avión que te llevara a Washington se demorara hasta la mañana"

"No quisiera importunar…"

La lluvia descendía orgullosa de su poder, como un castigo por pasados pecados sobre la cabeza del visitante. Golpeó contra la casa, la vegetación y las rocas y atacó el mar como una sincronizada estrategia militar. Los truenos, sin intermisiones, compusieron algunos sonidos emulando una cadena de colisiones de autos a la hora de máximo tráfico, luego se convirtió en un estruendo continuo más potente, imposible de ser eclipsado por el sonido de la lluvia. Los destellos de las centellas se unieron en largas fulminaciones que hicieron que la noche se fundiera con una parición espeluznante, el jardín, verde y ocre, se transformó en la nada.

Hank, en un instante de debilidad, se compadeció del infortunio.

"Adelante. Deja el impermeable en el gancho de la puerta" dijo Hank tomando un par de toallas secas de la alacena "¿Café? ¿Cerveza? ¿Has cenado, muchacho?"

"Café, gracias. Tuve un par de minutos para comer un par de sándwiches en el camino" dijo el visitante tratando de deshacerse de las gotas.

El muchacho le ofreció su mano presentándose como Jason Kilmont, quien se estremeció ante las ráfagas de viento que hacían vibrar las ventanas.

"¿Azúcar? ¿Leche?" preguntó Hank ofreciéndole un tazón rojo con una leyenda que decía:

- ¿Es la CIA la mejor para encontrar a una persona?

- No. La mejor es el IRS.

Kilmont leyó el escrito en la loza y sonrió.

"Es cierto, los impuestos se han vuelto brutales. Sospecho que no es un gran admirador del IRS ¿No es cierto?"

Hank miró la taza. Hacia mucho tiempo que no la usaba, ni recordaba lo que decía.

"Ni de la CIA tampoco, muchacho…"

Azúcar y leche fue la solicitud del joven. Hank le propuso unas gotas de whiskey o ron para sazonar un poco la infusión, pero era suficiente para Kilmont, quien declinó la oferta agitando su cabeza, mientras el calor penetraba en su cuerpo en pequeños sorbos.

Así como los árboles se manifestaban amenazantes sobre la casa, la casa parecía cernirse sobre Kilmont. Tuvo un momento vertiginoso en el que sintió que las ventanas que miraban al patio trasero se abrirían de golpe, o peor, estallarían en mil trozos y la casa se inclinaría hacia el muelle y siendo tragada por el enfado del golfo. Engullirla y tragarla con sus ocupantes en ella. Mientras Kilmont señalaba los vidrios con una nerviosa actitud, Hank le llenó nuevamente la mano con una taza de café. Kilmont hizo de sus manos un nido, como si el calor del café le devolviera la vida. Con su dedo meñique volvió a señalar la irritabilidad climática. El temperamento del vendaval se concentraba contra un endeble balcón de maderas que habían visto mejores años. Las tablas bramaban y parecía que las abrazaderas de metal cederían prontamente.

"¿No recomiendan sellar con tablas las ventanas, usualmente?" preguntó el joven, tratando de no ser intrusivo.

"¿Y perdernos este hermoso espectáculo que nos brinda gratuitamente la madre naturaleza?"

Un nuevo clamor meteorológico le hizo agachar. asustado. Nunca había visto tanta lluvia, tantos relámpagos, tantos truenos. Sonrió tratando de disimular su pánico. ¿Era este el pasatiempo local?

Eran constancias, como recibos de un compromiso cumplido. Eran pruebas de eficacia y orgullosa evidencia de su poder organizativo. Jameson apartó cada uno de los nuevos reportes periodísticos, invitando a Fournier a prestarse de elegir una carta, herramienta de su magia. Fournier estaba complacido. Rápidamente, como un antiguo ritual, volvió a incendiar recortes de diarios hasta que se convirtieron en solo humo.

Joe Ingram insertó la llave en un casillero de maletas de la estación de trenes en Pittsburg, Pennsylvania, en el epicentro de una marea humana que iba o volvía de sus trabajos. Tomó una maleta sólida de cuero marrón y luego de echar un breve vistazo a su interior, se dirigió a los estacionamientos. Al mismo tiempo, Michael Smith, con cierta dificultad, finalmente destrabó la cerradura de una casilla de correos en Raleigh, Carolina del Norte, apoderándose de un bolso deportivo negro. En su interior, lo que esperaba. Unos minutos más tarde, Conrad Kiel subió las escaleras hacia la celda 421 de la unidad de almacenamiento Bentley, en Akron, Ohio y deslizó la puerta de alambre donde un bolso mediano de lona gris reforzada con asas del mismo tono le aguardaba sobre una mesa de metal. Sin inspeccionar demasiado, descendió por las escaleras tratando de decidir donde cenar.

Cada uno de ellos era quinientos mil dólares más ricos.

12

Joe Ingram no daba crédito a sus ojos. Luego de una gira de una semana retornaba a la ciudad con la intención de sorprender a su esposa, recogiéndola luego de la ultima función teatral que la tenía como protagonista y en recompensa, sin apartarse de la charla que mantenía con Mickey Durante, solo le regaló una sonrisa. Mickey, contento por la función y mas aun por los halagos que recibía su dirección artística, no dejaba de congratularse y peor, de tocar a Kathy al finalizar cada sentencia. Sus manos se posaban en su pelo y peligrosamente descendían hasta sus caderas. Joe sabía lo que el bastardo estaba elucubrando. Al descuido, fingiendo no intenciones, le tocaría los senos, o los muslos a su mujer. La mandíbula de Joe se tensó, igual que sus puños al ver a su esposa tan entretenida con el parloteo y desentendida de él. Cinco minutos después, Kathy se despidió y el depravado le estampó un baboso, jugoso y seguramente maloliente beso en la mejilla, despidiéndose. Finalmente, la palmada en el trasero. Ella se acercó a Joe, conmovida por su presencia. Realmente lo había echado de menos. Lo abrazó y como siempre lo hacía en los reencuentros, le acarició las orejas.

Dos días encerrado en su apartamento, masticando su ira, observando a Kathy mantener divertidas conversaciones telefónicas con quien fuera, fue demasiado para el hombre. Con la excusa de llevar la ropa que había usado en el viaje a la tintorería cercana, Joe dejó el lugar sin bolsa en sus manos, aunque Kathy no lo percibió.

"¿Puedes comprar un par de kiwis? Mickey dice que son buenos para la piel y tienen mas vitamina C que las naranjas"

Joe musitó una respuesta e ingresó al elevador al mismo tiempo que la señora Hopkins, del 4B, sacaba a pasear a su pequeño perro Tobey. Ella intentó entablar una conversación acerca de sus aspiraciones para elegir un destino para vacacionar. Tal vez el Caribe, tal vez Viena, pero *todo estaba tan caro últimamente*. Aunque Joe tenía otros planes.

El sol del mediodía impactó su rostro. La señora Hopkins permitió que Tobey orinara cerca de sus zapatos. La dama dueña de pésimos modales caminó hacia el norte sin despedirse. Joe Ingram, hacia el teatro *The Pacific*.

Las pocas o muchas aceras que transitó no sirvieron para calmar su cólera. Hizo su sitio de vigilancia una cafetería cercana y no apartó su vista de la entrada del salón de espectáculos. En algún momento, Mickey Durante pasaría a contabilizar la recaudación de la noche anterior. Su apuesta no dio dividendos hasta dos días más tarde. Pacientemente, detrás de gafas oscuras y una gorra de camionero, Joe observó cuando el director teatral ingresó por la puerta principal y permaneció en su interior por más de una hora. Nuevamente salió con un par de libros bajo su brazo. Cincuenta metros detrás, Joe lo acompañó hasta su departamento, un semipiso en el Soho. Al entrar al vestíbulo, Joe no divisó monitores de video, pero si el tablero indicador del elevador y este se detuvo en el último nivel. Joe montó al ascensor de carga y mantuvo su cabeza baja evitando posibles cámaras de seguridad. Su gorra fue un escudo. Al arribar al hall, debió elegir entre dos posibilidades. La música se filtraba desde el departamento de la izquierda. Joe pulsó el picaporte y fracasó en su intento de abrir la puerta. La cerradura era una palanca mecánica de combinación doble sin llave. Un puntapié no llevaría a cabo su cometido. La fachada de la superficie de la puerta estaba hecha de plástico reforzado con fibra de vidrio, resistente, y la composición de estos materiales hacía que la puerta sea sólida y resistente a su fuerza bruta.

"Cobarde…" murmuró.

La música se detuvo. La puerta se abrió dejando a Joe sin opciones.

"¿Joe?," preguntó Mickey Durante extrañado, vistiendo una bata de seda blanca y cargando una bolsa de residuos en su mano "Joe ¿Qué haces aquí?"

Joe Ingram pensó en empujar la puerta y hacer rodar al imbécil al interior de la vivienda, pero el ruido alertaría a los vecinos. Mickey caminó hasta el vertedero de basura y deslizó la bolsa en su interior.

"¿Hay algún inconveniente? ¿Quieres pasar? Pasa, adelante, adelante. Estaba a punto de preparar un coctel. ¿Interesado en una buena bebida? Pasa, pasa, por favor"

Joe caminó sin convicción y se sentó en un mullido sofá de una tela muy suave a su tacto.

"Es seda de morera, Joe ¿Sabes cuan cara que es la seda de morera?"

Joe acomodó su Glock 42 metiendo la mano en el bolsillo de su abrigó. Necesitaba ser rápido. El ambiente allí dentro era distante y sumamente quieto. Dentro de su chaqueta, Joe elevó el arma y esperó que el mal nacido no se moviera, en vez de ello, se trasladaba de un lado a otro buscando un vaso, buscando hielo, mezclando jugos y licores sin detenerse. "¿Habías estado aquí antes, Joe? No lo recuerdo. ¿Mi asistente te dio mi dirección? ¿Kathy? Kathy. Fue Kathy. ¿Qué puedo hacer por ti, Joe?"

Joe llevó su dedo al gatillo y lo acarició por un segundo.

"¿No continuaremos mirando la película, Mickey?"

La voz llegó desde el dormitorio. Joe se paralizó.

Desde la habitación escuchó a una persona aproximándose, librando una batalla contra sus pantuflas.

"¿No continuaremos mirando la película, Mickey?" repitió la voz. Detrás de él, con un tono que rogaba en vez de exigir, un hombre envuelto en una toalla verde lima no se había percatado de la presencia de Joe. Sus ojos verdes estaban cerrados detrás de párpados pálidos con preocupantes venas verdes. El cabello rubio se extendía desde las orejas hasta el parietal dejando un gran vacío en el medio. Mickey lo besó y recién descubrió a Joe sentado en su sala de estar.

"Joe, este es Jean-Pierre. Jean-Pierre, este es Joe Ingram. El esposo de Kathy"

"Mucho gusto. ¿Está todo bien con Kathy? Espero que sí, ella es encantadora…"

"¿Qué puedo hacer por ti, Joe?" volvió a decir Mickey facilitándole un vaso con el extraño brebaje.

"Es el cumpleaños de Kathy…"

"¿Es el cumpleaños de Kathy? Siempre pensé que era en diciembre…"

"Siempre pensé que era en diciembre" repitió Jean-Pierre.

"¿No es el 20 de diciembre? ¡Estaba seguro de que era el 20 de diciembre!"

"Siempre pensé que era en Diciembre" Jean-Pierre dijo una vez más.

Joe les dejó hablar. Solo interrumpió cuando estaban a punto de alcanzar el infinito.

"Es una especie de cumpleaños simbólico. Supongo que en broma ella dice que cuando me conoció, ella volvió a nacer. Es una clase de celebración… privada"

"¡Que dulce!" se emocionó Jean-Pierre.

"¡Qué bello!"

"Conmovedor, ciertamente"

"Pensaba que podrías ayudarme… que podrían ayudarme a encontrar un regalo adecuado. ¿Tal vez una antigüedad teatral o la primera impresión de alguna obra de un autor famoso…?"

"¡No digas más! Hay un juego de máscaras del siglo pasado que vimos en internet. Ella estaba fascinada por ellas. ¿Cuánto puedes gastar?" preguntó Mickey, entusiasmado.

"¿Quinientos…? ¿mil…? Arriesgó Joe.

"Mil…"

"¿Mil quinientos…?"

"Mil ochocientos"

"Okay"

"Déjalo en mis manos"

Joe agradeció y rogó por discreción. Mickey Durante nunca supo que tan cerca estuvo de la muerte.

Joe Ingram retornó a su departamento y mientras Kathy preparaba la cena, escondió su arma tras el zócalo del dormitorio. Sin quitarse su abrigo se desparramó abrumado sobre un sillón.

"¿Mickey Durante es gay?"

"Tan gay como Liberace" contestó Kathy desde la cocina cortando tomates en gajos.

"¿Ese hombre de voz grave, tan musculoso y alto es gay…?"

Observó todo desde la ventana trasera. Una luz tenue no escondía el incidente. Su esposa, Trisha Smith, gemía apostada con sus manos y rodillas sobre la cama era penetrada en su ano, mientras su amante la sujetaba de los cabellos. En pleno éxtasis, un torbellino de excitación había abandonado sus prejuicios y sus largos senos pendían y se balanceaban como campanas descontroladas. El amante, casi acostado en su espalda, recorría su cuello con la lengua. Michael vio sus pestañas postizas a punto de desprenderse de sus parpados y las puntas de su cabello cubrían su cara sudorosa. Sus pulseras y sus collares provocaban un sonido seco al colisionar. La lengua de Trisha era larga y suave y parecía envolverse entre los cabellos ensortijados de su amante. Justo cuando estaba a punto de alcanzar el orgasmo, se alejó y comenzó a maldecir casi murmurando mientras se envolvía con las sabanas sin que su compañero entendiera la razón de su actitud. Sus ojos habían hecho contacto con los de Michael a través de los vidrios de la ventana. Segundos después, su esposo estaba junto a ellos. Una vez allí Michael reconoció a Cory Fisher, el hijo veinteañero de sus vecinos.

"Oye, hombre… yo…"

"Cory, cállate"

El muchacho comenzó a vestirse.

"Cory, siéntate"

"Oye, hombre… señor Smith… no quiero líos… esto es un problema de ustedes" dijo el joven caminando hacia una salida, una ventana, una puerta, un agujero en la pared.

"Cory," dijo Michael mostrándole una pistola "No voy a repetirlo: Siéntate y cállate"

Trisha se puso de pie sobre la cama, manos en jarra, cejas alzadas, desafiante.

"¿Y qué diablos crees que harás con esa pistola?" dijo la altanera mujer.

Michael, como única respuesta, le descerrajó un disparo en la frente. Trisha cayó sobre la alfombra dejando una pierna enganchada en las rejas de hierro plateado de la cabecera.

"¡Dios mío! ¡Dios mío!" exclamó Cory tratando de controlar sus esfínteres. No podía obedecer las órdenes. Corría de un sector a otro de la habitación agachándose tras una silla y escondiéndose detrás de un ventilador, guaresciéndose debajo de un escritorio, desapareciendo tras de un florero, cada vez que sentía que Michael le apuntaba. Pero Michael lo seguía con la mirada, divertido. Era sencillo para él. Cuando deseara dispararle lo haría. Y finalmente lo hizo.

La actitud para moverse y hablar era lo que más perturbaba. Esta joven de veinte o veintiún años, pero con la inteligencia de un ladrillo de tres meses, se había instalado en la cara de la barista y mientras desparramaba insultos, protestaba por la equivocación sobre el preparado de su café. Su cabeza oscilaba hacia adelante y hacia atrás como una cacatúa sedienta de narrar el último chisme. No contenta con su comportamiento, forzó una tos en la cara de la empleada y derramó el brebaje sobre el mostrador de postres y emparedados. Uno de sus brazos se movió en el aire y chasqueó sus dedos en señal de triunfo. El segundo cliente en la fila, Conrad Kiel, recibió su café y con un diario bajo el brazo caminó tras la impertinente mujer.

Despertó y el dolor en su cabeza no le permitió percibir cuan sola estaba en este mundo. La joven permaneció inmóvil hasta que la sequedad de su garganta la obligó a toser. Allí despertó descubriéndose desnuda, colgada del techo por sus tobillos y sus manos atadas a la espalda. Sus hombros doloridos hacían que sus brazos se vencieran hacia un lateral, distanciándose de su espalda. El horror la invadió, pero no pudo gritar, Giró hacia sus lados buscando una explicación, tratando de adivinar donde estaba y que estaba sucediendo. El dolor en sus piernas y en su cuello la habían hecho llorar mientras dormía. Trató de girar su cuerpo completamente para observar otros ángulos, pero ya sus fuerzas la habían abandonado.

"Dime tu nombre"

La voz vino de uno de los flancos que la joven apenas había podido examinar. Era una voz calma, firme, hasta paternal. balanceándose, lograba ver por instantes a un hombre vestido de negro, quizás era un fantasma, tal vez un monstruo. Estaba con sus piernas mansamente cruzadas y sus manos descansando sobre el reposabrazos de una vieja silla de oficina.

"Dime tu nombre", repitió la silueta negra, cuyo rostro estaba cubierto por una bufanda deportiva que caía desde su nariz hasta los hombros.

"Por favor…", rogó la joven sollozando.

"Sospecho que o bien ese no es tu nombre, o es un nombre muy, muy extraño"

La mujer se entregó al llanto, lo que logró que su cuerpo se convulsionara. Pensó que la única manera de escapar era calmarse y tratar de razonar con este tétrico desconocido. Estaba en el medio de una fábrica, o un depósito abandonado. Existía la posibilidad de que se tratara de un salón de fiestas de lo que supo ser un hotel.

"Paris…" dijo aun trepidando.

El hombre extendió sus brazos, levanto las palmas de las manos y agitó sus dedos sincronizadamente en claro gesto de necesitar más información.

"Rivera…"

"Paris Rivera", dijo el hombre, caminando alrededor de la joven "Tu comportamiento esta mañana fue terrible. Sobre todo, viniendo de una niña atractiva como tú"

"Lo sé… lo sé… yo… nunca más lo haré. Por favor…"

Acercó la boca a sus oídos. Su voz era suave, casi melodiosa.

"Voy a darte una sola posibilidad por el resto de tu vida. Una sola. Y te estaré vigilando. Si estornudas cerca de una persona porque tienes un ataque de alergia, si respiras cerca de un anciano, si vas a una tienda a comprar un perfume y aspiras muy fuerte…" dijo haciendo una pausa para retomar su lista con más énfasis "Si eres descortés con el jardinero. Si despiertas malhumorada y tu hermanito menor paga tu rudeza por usar el baño por mucho tiempo… ahí estaré yo. mirándote. ¿Entiendes lo que te digo?

Como pudo asintió con la cabeza en el medio del vibrar de su llanto. En la posición que estaba, gravedad, sus senos se agrandaban pesadamente hacia el suelo. Una nueva convulsión revolucionó todo su cuerpo. Conrad se llevó las manos a sus oídos, pretendiendo no haber entendido su respuesta.

"¿Escuchas lo que digo?" repitió.

Y fue lo último que escuchó.

13

Todos sus sentidos, al ver a Hank recoger las ramas que había dejado la tormenta de la noche anterior. Le decían a Bobby Sue que había tres clases de hombres: Los que habían aprendido lecciones importantes a lo largo de sus vidas, los que habían elegido vivir en la amargura y la ignorancia, y Hank, quien, tomando una pausa de sus labores, fumaba parado sobre un montón de escombros. Una vez más, Hank, con las imperfecciones que la edad le había consagrado a su torso desnudo, parecía inmortal.

"Ey vecino," exclamó Bobby Sue acercándole un vaso de agua fresca "Gracias por deshacerte de las ramas de mi jardín"

El bebió el agua y por un instante se sintió incomodo delante de la joven.

"No te cubras por mí," bromeó ella "He visto hombres desnudos anteriormente. Bueno, no a la luz del día"

"¿Olivia…?"

"Sigue durmiendo. Pasó toda la noche filmando la tormenta con su teléfono y registrándolas en Instagram. Oye, te he llamado un par de veces…"

"Lo sé," dijo Hank "Lo siento, Últimamente he estado muy ocupado…"

"La razón de mis llamados, el motivo por el cual quería hablar contigo era para dejarte saber que esta… relación, es una relación sin presiones. Soy una adulta. No quiero que te sientas obligado. A nada. ¿Comprendes? Si un día te sientes solo, necesitas algo… o tienes un problema… o quieres conversar… ¡O simplemente tienes frio en los pies y quieres calentarlos!," dijo riendo y señalando su casa "Sabes donde vivo"

Ella tenía los ojos tristes, pero sinceros. El la vio retornar a su casa a través del jardín.

"¿Cena? ¿Esta noche?" gritó Hank.

"Ocho en punto"

Kilmont se había marchado en las primeras horas de la mañana, con la tormenta alejada de la ciudad y el paquete de dinero aun estaba dentro del fregadero de la cocina. Utilizó papel de aluminio para envolver los fajos correctamente e hizo lugar en el congelador retirando las capas de escarcha y algunos viejos potes de crema ya pasada su fecha de expiración. Sin ducharse, se colocó una vieja y maltratada sudadera blanca y manejó hasta el minimercado local.

Hank decidió comprar dos botellas de champagne: una de Lievau 78 y otra de Ridas sin alcohol, para Olivia que en la cena previa había amagado servirse unas gotas de vino., solo por tratar de enfurecer a su madre. Hank, además, compró un postre de gelatina de café y miel de eucalipto. No tenia la mas remota idea de lo que era, pero, en primer lugar, no se trataría de las sobras mezcladas que tenía en un refrigerador. Y, en segundo lugar, tenía un nombre exótico.

A las 7:55, Hank se calzó su chaqueta y las provisiones, para encaminarse a la casa de sus vecinas. Sobre el césped del jardín delantero, divisó la camioneta de Brandon. Caminó unos pasos y presenció al refractario joven, otra vez, tratando de imponer sus deseos a los gritos.

"¡Me haces perder la paciencia, Bobby Sue! ¿Qué quieres que te diga? ¿Por qué mierda no entiendes que lo mejor es que tú y yo estemos nuevamente juntos?"

"Brandon, cuanto antes lo entiendas, será mejor para todos. Para Olivia, para mi y para ti. Comprende: *Tú y yo* nunca volveremos a ser *tú y yo*"

"¿Por qué? ¿Es necesario que te dé un bofetón para que entiendas de una vez?"

Brandon miró a su costado. Hank, un postre y dos botellas de champagne.

"¡Oh, no!," Se molestó Brandon "¿Este es el hombre que estas viendo, Bobby Sue?" Brandon se volvió había Hank "¿Cuántos años tienes tú, abuelito? ¿Cómo mil quinientos?

"¿Hay algún problema aquí, Bobby Sue?"

"¿Hay algún problema aquí, Bobby Sue?" lo imitó el volátil exmarido, impostando una ridícula inflexión.

Hank puso sus compras en el suelo.

"¿Por qué no aclaramos esto más allá?"

"¿Más allá? ¿No quieres que te pateé el culo aquí mismo?"

Hank asintió.

"Exacto. No quiero que me humilles delante de la niña"

Hank lo asió de un brazo y lo condujo hacia la calle, detrás de la camioneta. Brandon con rudeza, liberó su brazo y se puso en guardia. Bobby Sue, frustrada, le pidió a Olivia que se mantuviera en la casa, controlando el guisado.

Tras los arbustos y tras el vehículo, Brandon comenzó a bailotear trazando con sus brazos una ineficiente guardia tailandesa. El puño de Hank atravesó su defensa e impacto seco en la nuez de Adán. Brandon se desmoronó tomando su cuello con sus manos. Tenía dificultades para satisfacer sus pulmones. Hank lo confortó. Le pidió que respirara profundo, que se tranquilizara.

"Esta es solo una mala experiencia, muchacho. Ya habrá peores…"

Aun tratando de restablecerse, y con la ayuda de Hank, Brandon trepó a su 4x4 sin saber si sería capaz de llegar al menos, al bar más cercano y sanarse con un par de cervezas. El hospital mas cercano estaba a mas de veinte millas.

Olivia pensó que estaba bebiendo champagne real toda la velada. Luego del postre, Hank arruinó su noche diciéndole que leyera la etiqueta.

"¡Que engaño!," protestó Olivia "Debería denunciarlos por abuso de menores"

"¿Abuso de menores?," preguntó Bobby Sue "¿Abuso? ¿De qué, mi querida?

Olivia comenzó a balbucear, buscando una respuesta que primera la convenciera a ella misma. No estaba muy familiarizada con términos legales ni vocablos psicológicos, pero si una gran facilidad para dar vida a su lengua espinosa. Finalmente, cruzó sus brazos y espetó lo primero que le vino a la mente.

"Abuso de… abuso de… ¡Jugar con mis sentimientos! ¿Puedo tomar un sorbo de champagne verdadera, ahora?"

"¡Olivia…!"

Cansada por una función doble de una nueva producción basada en una obra de Chejov, Kathy se había desvanecido sin quitarse la ropa. Joe, al menos, la despojó de sus botas y la cubrió con una frazada de lana. Trajo un vaso de agua y lo dejó sobre la mesa de noche, para retornar a la sala de estar. Con una botella de ron, dejó correr las horas, mirando en sus paredes el reflejo de las cambiantes luces de la ciudad. Sus ojos, perdidos, cansados, eran el espejo de sus últimos días inundados de jaquecas y una opresión en el pecho que le obligaba refugiarse en el lavabo para controlar su respiración. También sufría espantosas y repentinas impulsos de escapar sin saber a dónde. Un día soleado, un día nublado, le causaba las mismas sensaciones, por lo tanto, sus comportamientos no cambiaban. Esa madrugada, mientras terminaba el licor, divisó una bandada de pájaros descansando en el borde de su ventana; normalmente una vista y un sonido que le habrían regocijado, sin embargo, un súbito ataque de pánico lo paralizó. De pronto, motivado por el miedo, indefenso, sin ser consciente de lo que hacía, comenzó a dar leves golpes con su pie contra los cristales y se encontró esbozando una maliciosa sonrisa luego de causar un tumulto entre las aves, quienes volaron hacia otro edificio, lejos del poco amigable humano.

Hay un antiguo restaurante en la intersección de la Ruta 23 y Riverdale del que Michael Smith había oído hablar y en realidad había pasado cerca del edificio en un cúmulo de ocasiones. Si bien la rustica decoración no le impresionó (y no hubiera impresionado a nadie) el ambiente, con suaves melodías country, comensales silenciosos y un aroma a recetas hogareñas le convenció de tomar una mesa pequeña junto a la ventana. Michael se sentía pleno, de un humor rescatado de la tragedia como un joven huérfano que cree que el mundo le debe algo, literalmente no se detendría ante nada para conseguir lo que quería, llevándolo a verdaderas tendencias sociópatas; ahora hombre soltero atrapante, pensó que podría ser visto por fanáticos en tiempos más modernos como un ícono de quien se cansó de sus miserias, Michael continuaba conspirando sin consecuencias para las repercusiones o incluso una pizca de culpa. Se imaginó como un redentor despiadado mientras recorría el menú. Un sándwich de carne y queso. Eso ordenó.

A las 11:00PM la concurrencia cambió y la música se tornó estridente. En su recibo habían incluido una porción de ensalada de col que no había ingerido, pero entendió que no sería astuto involucrarse en un reclamo con una camarera que se había comportado con notable destemplanza desde el comienzo. Condujo un Audi S8 verde por casi dos horas hasta arribar al Parque Estatal Harrison, un área de más de cien mil hectáreas que cuyos senderos llevan a lo largo de un embalse, sobre cornisas, sobre cimas de las montañas, a través de profundos bosques de frondosos árboles centenarios, así como pantanos. El único cruce de carreteras en todo el recorrido era una huella de tierra y lodo. Aunque ese camino casi siempre se mantenía alrededor de un dique natural, no estaba a lo largo de las costas de riachos todo el tiempo. Se desvió rompiendo la maleza y se detuvo junto a una zona de cerrados arbustos. Sin luces, comenzó a cavar y el ejercicio fue duro. Y le tomó mas tiempo de lo pensado llegar al nivel de sus hombros. Se sintió afortunado al no encontrar agua. ¿Qué monstruo querría contaminar las napas e intoxicar a la comunidad más cercana? Arrastró los cadáveres desnudos hasta casi perder el conocimiento. El joven Cory primero y sobre él, Trisha, rodaron hasta el fondo del foso. Sin aliento, los cubrió con la mezcla natural de arcilla, hojas y ramas secas. Volvió al vehículo y recogió una bolsa de animales muertos que también arrojó a la cavidad. Finalmente, más tierra, más hojas, más ramas. Retornó al automóvil y condujo otras dos horas hacia el norte. Abandonó el Audi tras un viejo Blockbuster y se distanció con un bolso muy valioso en sus manos. Pensó que le esperaba una larga caminata.

Dorothy's, a las dos de la mañana, era el templo infernal de la diversión. Hombres bailaban con hombres subidos a los altavoces, acariciándose, besándose, siguiendo un ritmo lento pero que los sumergía en un estado casi inconsciente transportándolos a una vida que no tenían y representaban allí. Conrad Klein los odiaba. Nunca lo había hecho público, pero en la privacidad de su propio ser los odiaba. Y no por su elección, sino por la libertad. Y los odiaba desde la barra del bar. Un joven trató de llamar la atención de Conrad, aunque rápidamente abandonó el intento de conversar en medio de la algarabía. Pobremente vestido, relativamente atractivo, le enviaba miradas desde el otro lado de la barra. Conrad recibió una bebida que no había ordenado, pero le barman se apresuró a señalar al joven que la había pagado. Elevó el vaso en señal de agradecimiento. Señal que fue interpretada como una invitación.

"¿No te he visto aquí la semana pasada? dijo el joven acercando demasiado su rostro.

Debido a la música que hacía vibrar las paredes, y a los bulliciosos diálogos que producían decenas de ecos, Conrad tenía grandes dificultades para escuchar sus propios pensamientos.

"¿Que?"

Acercó aun mas sus labios a su oído. Su lengua húmeda, veloz, chocó contra su oreja.

"¿Quieres salir de aquí?"

Conrad asintió.

El joven lo tomó de la mano y lo guio hacia un callejón trasero, plagado y cajas de mercaderías y parejas de hombres desnudos practicaban movimientos y lograban posiciones que Conrad jamás hubiese imaginado. Indiferente, y siendo totalmente ignorada, una camarera lavaba sus axilas en un sucio piletón.

"Mi nombre es Ernie" dijo el joven, y lo besó en los labios. Tras un tonel, se arrodilló y desabotonó sus pantalones, jugando con su lengua sobre el vello púbico de Conrad. Cuando engulló carnes deseables, Conrad Kiel miró sobre sus hombros. Cerró sus puños y le aplicó un golpe sobre la mandíbula. Eric cayó de lado. Conrad volvió a chequear sus flancos y verificó que nadie lo miraba. A nadie le importaba. Nadie lo había visto. Y nadie quería verlo. Empezó a darle puntapiés en el rostro y logró ver como dos dientes se separaban de la encía. Su cara comenzó a quebrarse y grandes cortes se abrían sobre la mejilla.   El ojo derecho era una masa informe. Sus cabellos se desprendían de su piel con gran prontitud. Conrad, perdiendo la inhibición inicial, lo golpeaba con más potencia y sonreía con más satisfacción.

Ernie dejó de moverse.

14

Hank percibió una extraña actividad en la entrada de coches de su casa al retornar de la tienda de licores. Un automóvil eléctrico estaba aparcado abarcando todo el pavimento, obligándolo a estacionar parte de su vehículo en el césped. Dejó las botellas en la cocina y escuchó el indudable chisporroteo de mujeres divertidas. Salió a su patio trasero y cruzó hacia el jardín de sus vecinas advirtiendo una silueta familiar, parada, expresándose con sus manos, relatándole una de sus privadas y humillantes historias.

"Es cierto. ¡No estoy exagerando!," dijo ella ante Bobby Sue y Olivia, quienes se retorcían de la risa "Es como el día que nos conocimos por primera vez. Ustedes saben, Hank, elegante, seguro de sí mismo, se acerca a mi mesa y dice: *'Señor, solo quiero decirle que realmente lo admiro y lo envidio. Su esposa, si me permite decirlo, es la mujer mas bella que he visto en mi vida'* "

"¿Eso dijo?" preguntó Bobby Sue.

"Lo juro por Dios! La persona que estaba conmigo lanzó una carcajada contenida, se da vuelta y le dice: "Gracias, muchacho. Me halaga, en realidad, pero se trata de mi hija…"

"¡Oh, Dios mío!" aplaudió Olivia.

"Entonces, buscando la complicidad de mi padre, Hank dice: *'Suave, ¿Verdad?'* Se señaló y sentó a mi lado"

"¿Suave? ¿Dijo Suave?" preguntó Bobby Sue.

"Suave… si, querida, suave"

"¿Y tú que hiciste?" irrumpió Olivia aguardando que alguna torta de crema hubiera impactado el rostro de Hank o su novio hubiera entrado en escena.

"Le dije que no estaba interesada, ¡Por supuesto!"

Hank irrumpió a sus espaldas.

"No creo que eso sea enteramente la verdad…"

La mujer apenas se dio vuelta. Solo tocó su brazo a manera de saludo.

"Ey, Hank…," dijo la mujer indiferente a su presencia, para continuar su hilarante relato ante sus ansiosas espectadoras "… Y Hank me dice: *'Entonces, ¿Por qué no me das el teléfono de tu padre? Lo encuentro muy atractivo'* Luego Hank mira a mi padre y dice: *'Si usted no es gay, lo comprendo, señor. No va a herir mis sentimientos'* … Claro, mi padre lo invitó a cenar con nosotros después de eso"

"Pero yo pagué la adición"

"No, no lo hiciste"

"Si lo hice"

"No," insistió la mujer "No lo hiciste"

Hank nunca había podido ganar una disputa con su exmujer. No que estas hubieran sido agrias, acaloradas, mucho menos violentas, simplemente porque Becky Piatkowski se aseguraba de tener siempre la última palabra. Si bien no eran cercanos, luego del divorcio se habían mantenido en contacto. Fue el de ellos un caso curioso: El amor los había separado. El amor por sus profesiones, claro. Se casaron luego de ser dado de baja con honores en el Ejército, y Hank comenzó a trabajar para el gobierno al mismo tiempo que Becky ingresó y se unió al personal de noticias del New York Daily Informer como columnista investigadora política. Hank se encargaba de proteger secretos, Becky intentaba exponerlos.

"Hola, Hank" finalmente dijo ella con ternura.

"Ey, Becky"

La calma. El largo silencio no estaba marcado por la incomodidad. Era una pausa rejuvenecedora y ayudaba a ambos a vivir el pasado sin moverse y recordarlo con sus propias verdades y enfrentar, cada uno, sus propias realidades. Bobby Sue los observó y pensó en ellos como una sola entidad y cuantas palabras olvidadas de decir se perdieron en el tiempo. Bobby Sue tomó a su hija de la mano.

"Mejor los dejamos solos, seguramente tienen cosas importantes que tratar"

Becky tuvo una pequeña dificultad en dejar de mirar a su primer, único amor a los ojos.

"¡Oh, no! ¡No, querida! No. No hagas eso, Bobby Sue. Las cosas que Hank y yo tenemos que hablar son algo que no necesita privacidad," aseguró Becky deteniendo su partida. "Además, torturar a Hank con testigos es mucho más divertido"

"Si ese es su placer, señora Elliott…"

"Piatkowski," corrigió Becky "Nunca cambié mi apellido. Razones profesionales ¿comprendes? Y Llámame Becky. La señora Piatkowski… es mi madre"

"Becky" concedió Bobby Sue.

"¿Tu madre aún esta viva?" interfirió Hank.

"Ochenta gloriosos y lucidos años"

"¿Y tu padre?" quiso saber Olivia.

"Mi padre murió hace muchos años. Un cáncer fulminante. Pero mi madre goza de buena salud"

"Las mujeres se aseguran de que los hombres seamos historia mucho antes que ellas" filosofó Hank.

Bobby Sue insistió:

"De todas formas, tenemos que preparar la cena y seguramente Olivia finalizar su tarea escolar. Pero si quiere… quieres seguir torturando a Hank, quizás les gustaría venir a cenar a mi casa…"

"Oh… no quisiera imponer…"

"Será un placer para mi"

"Entonces, confirmado. Traeré las bebidas. ¡Y postre!" aseguró Becky sin esperar una objeción.

"Yo solo mi presencia"

"¿Hank está invitado?" bromeó Becky.

Bobby Sue y Olivia entraron en la casa. Hank y Becky las vieron cerrar la puerta. Olivia agitó su mano a través de la ventana.

"Es encantadora" dijo Becky.

"Sí"

"Un tanto joven para ti"

"Me gustaría decir que estoy envejeciendo como un buen vino, de un buen año, de una gran cepa, de una espléndida uva…"

"Pero en nuestro caso, es más como una muy simple y acidulada pasa de uva…"

Aquellas personas que han sufrido la tensión mental de las vicisitudes de la profesión a menudo terminan frustrados, cansados de sí mismo. Su pasión muere; la desesperación corrompe sus principios. Otros permiten que el corazón se vuelva impenetrable y que su interior se llene de ira. Algunos experimentan una clase desconocida de cáncer mental, como un bloqueo eterno que no permite dar curso a la movilidad. Después de tanto tiempo, era difícil de individualizar a que categoría pertenecía Hank, pero Becky confiaba en él, aunque con límites.

"Hace dos años atrás, un hombre apareció en la sala de noticias diciendo que éramos muchos en este mundo y que había un plan para reducir la población. Por supuesto, nadie le prestó atención. Tu sabes, otro de los tantos locos de la teoría de las conspiraciones." Dijo Becky, fumando con su hombro recostado en la pared, como sosteniéndola.

Becky conocía ciertos trozos de la vida de Hank. Lo que es seguro es que la vida temprana de Hank fue como un río salvaje, con sus feroces corrientes, cascadas y cataratas ocultas en tramos cortos, serpenteando alrededor suyo. Sin embargo, la vida de Becky Piatkowski había echado raíces tras un escritorio y desde allí debía conocer como el mundo rotaba. En contadas ocasiones, como esta, aparecía en sus manos una historia que podía conmocionar al país.

"Pero hace poco menos de tres semanas, empecé a mirar más atentamente. Personas bajo palabra, asesinos que por tecnicismos legales evitaron prisión, abusadores de menores, unos miembros de una organización militante de izquierda radical de la década de 1970, algunos integrantes de grupos de extrema derecha murieron en extrañas circunstancias en un período de un mes. La policía dictaminó suicidios en varios casos, la mayoría, algunos son asesinatos sin resolver, personas desaparecidas a largo plazo, o muerte indeterminada"

Ella encendió otro cigarrillo. Desvió la vista y decidió contemplar las primeras luces solares que comenzaban a alumbrar tenuemente el jardín.

"Y empecé a mirar más atentamente porque previamente recibí dos emails. El primero con una lista de personas que habían muerto y personas que murieron en los días posteriores. El segundo, hace una semana, mencionando solamente *Joe I.*. Solo Joe I."

"¿Misma dirección del protocolo de Internet?"

Becky se retorció en el espacio imaginario entre ella y la honestidad de Hank.

"Will Lamar, nuestro experto, dice que pueden haber venido de una de las computadoras en exhibición de alguna tienda en New Jersey, o de un hotel, también en Jersey" Becky se detuvo. Ella no estaba haciendo las preguntas.

"¿Joe I…?"

"Estoy retirado, Becky…"

"Hank…"

"Aunque supiera algo, no podría decirlo, *Becks*…"

"¿Debo decirlo yo, entonces? Joe Ingram, ese chico que siempre pensé que sería abogado o juez…"

Hank elevó sus cejas.

"Hank… ¿todavía trabajas para la CIA?"

"No"

"¿Conoces a un sujeto con el nombre de Jerome Allan Granier?" dijo Becky buscando intensamente su teléfono en el fondo de su cartera "¿Jerry Granier?"

El lo negó con un casi imperceptible movimiento de cabeza. Becky abrió la aplicación de fotografías de su celular acercándose a Hank, casi incrustándole el aparato en su nariz. En la pantalla, Joe Ingram estrechaba la mano de otro hombre en una cafetería al paso en New York.

Hank permaneció en silencio.

"Jerry Granier es un agente operativo de acciones tácticas, Hank ¿O debo decir mercenario? No, me retracto. La CIA no contrata mercenarios…"

Becky recorrió su galería de fotos y plasmó otra en la pantalla.

"¿Jim Jameson?," preguntó la mujer "Jim Jameson, un soldado de fortuna desde hace largo tiempo"

Hank y otra de sus casi imperceptibles negativas.

Becky volvió a sacar otro conejo de la galera: Una foto de Jim Jameson, Jerry Granier, y un muy joven Henry 'Hank' Elliot en la embajada de Afganistán.

"Hank… ¿Cuánto de lo que me has respondido es verdad?"

15

Mientras Hank se había mantenido mayormente en silencio, asintiendo con golpes de cabeza, sonriendo cómplice o limpiándose la boca mas de lo necesario, Becky Piatkowski relataba sus historias como si hubieran sucedido en solo una noche. Bobby Sue y su hija la escuchaban divertidas, aguardando el próximo error o momentos de torpezas o humillación vividos por Hank. Bobby Sue solo esperaba que midiera sus palabras en presencia de Olivia, pero Becky contaba estos asuntos con un grado de franqueza inusual, con tal dignidad e intensidad que se salvaba del sensacionalismo, sin embargo, de manera hilarante.

En un periodo de cinco años, de los cuales habían convivido como marido y mujer en dos, Hank se había caído de techos en dos ocasiones, se había quedado encerrado en el lavadero tres veces, había abordado a un avión con destino a Alaska cuando debía viajar a Colombia, entre otras tantas anécdotas risueñas.

Una vez que Olivia se retiró a su dormitorio, esta vez sin protestar para adquirir más de cien canciones con una tarjeta que su huésped le había regalado, Bobby Sue no estaba segura de querer seguir escuchando. Pero Becky no podría abordar temas íntimos, no estaba en su naturaleza.

El tema de conversación se centró en la joven, en su dura vida y lo que tenía que enfrentar con el padre de su hija, pero su cabeza estaba ocupada en el hecho de que Becky dormiría en la casa de Hank, ¡su exesposo! hasta las 4:00AM, hora en que emprendería indefectiblemente la retirada. Bobby Sue pensó en ofrecerle su dormitorio, pero eso la dejaría en evidencia. Decidió, en cambio, ofrecerse a poner en orden el cuarto de huéspedes de Hank. Insistió ante la negativa de Becky, quien adujo que posiblemente solo se quitaría los zapatos y cerraría sus ojos por unos minutos. Bobby Sue tomó unas cobijas y corrió a la casa vecina. Allí trató de poner su mente en orden, Becky se había comportado como una verdadera dama y ella no debía hacerlo como una chiquilina. Juzgó que un mal matrimonio se había convertido en una bella amistad y solo eso. Juzgó a Becky Piatkowski como una hermosa mujer, de modales cuidados, de cara agradable, si bien, tal vez, debería perder un par de kilos, desearía llegar a esa edad con esa anatomía.

Cuando Becky ingresó, la cama de la habitación de invitados había sido cuidadosamente hecha, una menta bajo la almohada había sido un toque distinguido. En la mesa de noche, un vaso de agua, una delgada pila de revistas y un par de toallas descartables de aloe. La habitación le recordó a su cómodo dormitorio de la infancia, con una cajonera similar donde guardaba sus más preciados tesoros: cartas ardientes de su novio de la secundaria, una revista científica pero que tenía la foto de un hombre desnudo, y una copia del Kama-Sutra que solo ella y su prima Danielle leían a escondidas. Becky en realidad, solo se quitó los zapatos y a las cuatro de la mañana se despidió de Hank con un beso en la mejilla sin intercambiar una sola palabra.

A las cinco de la mañana, Hank también estaba en la ruta.

Hank Elliott se detuvo en una gasolinera y compró un teléfono celular *quemado*. Con ese sistema llamó repetidas veces a Joe Ingram con resultado fallido. A las 7:22AM, Hank abordó un vuelo de Jet Blue con destino a New York desde el Aeropuerto Internacional de Tallahassee. Realizó un último llamado con igual resultado. Al llegar a Newark, Hank fue a un bar, tomó un trago y se las arregló para encontrar un asiento lejos de cualquier aparato de televisión, ya que la única historia que se esparcía en la ciudad era la aparición de un cuerpo sin vida de un conocido hampón, Mario Scigliano, encontrado cerca del Madison Square Garden. De acuerdo con los informes periodísticos, la policía había descartado la hipótesis de un asesinato.

Un taxi lo dejó frente a las puertas del edificio donde Joe Ingram vivía. Nadie atendió cuando presionó el timbre. Llamó a Jameson, pero un mensaje de la compañía telefónica le comunicaba que el número discado estaba fuera de servicio. No tenía intenciones de volver a Newark y ordenó a un nuevo taxista que lo transportara a la estación de trenes. Adquirió a través de la aplicación telefónica de Amtrak consiguió una unidad de viaje a las 4:25PM por 206 dólares. Casi el mismo precio que había pagado por el vuelo desde Tallahassee a New Jersey. Cuando llegó al Northeast Regional, se fundió entre una marea humana que marchaba, mecánicamente derrotada, hacia los andenes, no sin antes mirar sobre sus hombros en busca de algún perseguidor. Era casi una costumbre de años, una tradición, o simplemente se estaba volviendo paranoico. Subió al vagón 82777 y se obligó a ir al lavabo antes de que la locomotora se echara a andar y su orín salpicara zapatos y pantalones. Sus cálculos no fueron buenos y debió tomar recaudos extraordinarios mientras aguardaba que su vejiga diera señales de vida.

Enjuagó sus manos y abrió la puerta para encontrar su asiento. Lo necesitaba, estaba cansado y sentía que se adeudaba una hora de sueño. Súbitamente una mano lo devolvió al interior del lavatorio. Hank nunca había visto a Joe Ingram tan desorbitado. Sus cabellos largos, desordenados y sucios encajaban perfectamente con su saco arrugado y una camisa que había tenido mejores tiempos. Con ojos desorbitados, Joe Ingram puso su índice casi sobre su nariz. Intentó hablar un par de veces, pero no sabía por donde comenzar. Finalmente le concedió cierto espacio y el mismo recuperó el aliento.

"¿De paseo, Hank?," dijo Joe Ingram ensanchando sus fosas nasales "¿O visitando amigos en Washington?"

"Joe…"

"No me digas mentiras," Le advirtió Ingram empujando su pecho, lanzándolo contra la pared de acero. Y elevó su tono: "¡A mí no me digas mentiras, Joe!"

Hank trató de acomodarse. Su espalda, su ropa y el codo que había golpeado contra una mirilla. Hank puso su mano sobre el brazo de su amigo, deteniéndolo.

"Espera un segundo", dijo. "Se me ocurre que te has ganado un descanso. Pero, Joe, tienes que decirme lo que está pasando ahora mismo"

Joe Ingram, un hombre de ojos brillosos, a quien le costaba hablar. Sus manos temblaban, no podía dejar de moverse. Su voz, quebrada, parecía la de un niño perdido en un centro comercial.

"Son personas, Hank. ¿Entiendes? Son personas. Podremos discutir sin son escoria o no, pero son personas. Estos hijos de puta me han convertido en un asesino"

Hank trató de hablarle en tono paternal, pero, al mismo tiempo, intentó darle un baño de realidad.

"Tú sabías lo que estabas firmando, Joe. No eres tan crédulo para pensar que estarías tomando cocteles en una embajada o asistiendo a galas en Montecarlo…"

"No entiendes nada. No entiendes nada… esto es diferente. Nos ordenan matar ciudadanos comunes. Hank, tuve que… ellos me dan una lista, Hank… tu sabes… tuve que… tuve que…"

"Cálmate, Joe" Hank abrió la puerta "Déjame buscar café y…"

Ingram cerró la puerta violentamente.

Con un suspiro tembloroso, desechó sus deseos de gritar. Ingram sentía que lo traicionaban de la misma manera que se traicionaba a sí mismo. Mereciéndolo o no, era una traición. se envolvió con firmeza su cabeza con las manos, una acción ridículamente inútil teniendo en cuenta que el dolor era constante, y sí, se pregunto si las sombras ciegas que lo acechaban eran producto de su imaginación o Hank Elliott también podía verlas.

Llegó a la conclusión que el era tan malo como *ellos*. Peor aún, en cierto modo, porque mientras *ellos* no veían a los desafortunados a los ojos y mantenían una reputación impecable, el se manchaba el alma con sangre.

"Ellos me dan una lista y me dan un dinero. Hank, he matado a gente que no se si son buenos o malos. Jóvenes con récords policiales graves, leves: Es lo mismo. Ancianos degenerados o que no pagaron sus impuestos: Es lo mismo. ¿Recuerdas la ley, Hank? Esto no es la ley, son fuerzas para encargarse de *los descartables*…"

"*¿Los descartables…?*" preguntó Hank sin preguntar.

Joe Ingram seguía derritiéndose. Parecía padecer un constante dolor. La lucidez le brotaba en escasas dosis.

"Me dan una lista y yo… tu sabes… tengo que hacer mi trabajo. Y todos los meses recibo una lista y una maleta con dinero… una lista y una maleta… una lista y una maleta… todos los meses me tengo que ocupar de una serie de hombres… o mujeres… incluso muchachos tan jóvenes… todos los meses… una lista y una maleta… una lista y una maleta…"

Hank entendía que este planeta era un lugar desagradable y decepcionante en el mejor de los casos, y no tenía sentido mejorarlo. Y, sin embargo, mientras trataba de apartarse de la confusión, se dio cuenta de que cualquier cosa que dijera, el efecto sería vano. De todas maneras, se propuso intentarlo.

"Esto es lo que vamos a hacer. Quiero que bajes en Trenton y te alojes en el Belleview Hotel, esta a cien metros de la estación. Quiero que me esperes allí, que descanses. Si tienes hambre ordena al servicio de cuartos. Te veré en la mañana, temprano. Yo voy a darle una visita a Jameson en sus oficinas," dijo Hank tomándolo de los hombros "¿Entiendes lo que digo?"

Joe Ingram asintió con un leve movimiento de cabeza, todavía esquivando su mirada.

"Repítelo" ordenó Hank.

"Trenton… Belleview… temprano…"

Se separaron y tomaron asiento en diferentes vagones. Hank, desde su ventana, se cercioró de que Joe Ingram bajara en el Centro de Tránsito de Trenton y acumuló paciencia. Tres horas más de viaje.

El cansancio, su estómago vacío y el constante traqueteo del tren había convertido la atmosfera en una perfecta canción de cuna. Sus ojos se serraban por cortos períodos y cuando no, se encontraba con una variada cantidad de compañeros de viaje sentados frente a él. Una pareja con un alto nivel de lívido, una anciana empeñada en saber de donde era, una niña ofreciéndole chocolate cada cinco minutos para finalmente, a diez minutos de DC Union Station, un sonriente hombre, calvo, de baja estatura, de gruesas gafas de prescripción, parecía haber estado observándolo por largo lapso. La mirada de Hank siguió celosamente las manos del hombrecillo mientras se insertaban en su gabardina.

"¿Tic-Tac?" dijo el hombre de traje gris invitándole con una golosina de menta.

Hank puso sus pies en el edificio de lo que supo ser el mundo de Jameson cuando la tarde caía y miró a su alrededor buscando una explicación por esa imagen de oficinas vacías. Paredes blancas aún más blancas y alfombras largas, aún más largas. Hank volvió al corredor interior y de allí a la calle. Quebrando códigos y acuerdos, llamó por teléfono a Jim Jameson. En los últimos días, nadie contestaba a sus llamados, nadie le devolvía sus mensajes. A cinco minutos de las cinco de la tarde, Hank llamó a Schell y Asociados, como rezaba un cartel en la entrada de las oficinas, la entidad inmobiliaria que se encargaba de administrar el edificio. Continuando con el modelo de nubes negras, un contestador automático fue el recipiente de sus frustraciones. Un guardia de seguridad hizo un gesto hacia Hank desde el otro extremo del edifico, donde se sacaban los desperdicios y esa basura se arrojaba a un gran contenedor. Caminó hacia él, preguntándose si terminaría perdiendo su tiempo. Llegó a la puerta y el guardia se presentó. Detrás de ellos los primeros sonidos de la noche se multiplicaron, pero parecían muy lejanos, como si ellos estuvieran en una burbuja.

"¿Puedo ayudarle en algo?" dijo el centinela. En la placa que colgaba de su uniforme gris se leía el nombre de Colin Preston.

Hank decidió explorar su ego.

"Ray Thomas" se presentó mintiendo Hank.

"Colin Preston" dijo el custodio golpeando con un lápiz su chapa identificatoria.

"Algo me dice, tal vez su andar, la forma de caminar, tal vez la manera en que se mantiene alerta, que usted estuvo en el trabajo. ¿Me equivoco?"

"Casi veinticinco años. Departamento de Policía zona 11. Pittsburg, Pennsylvania" dijo Preston, orgulloso "¿Tú?"

Hank chasqueó sus dedos.

"No tanta experiencia como tú, mi amigo. Después del ejército estuve quince años en Queens. Sospecho que ustedes en Pitts estaban en un polvorín…"

"No tienes idea. He estado tantas veces al borde de la muerte que a veces ni recuerdo algunas"

"Realmente, tu deberías tomarte un tiempo y escribir un libro" dijo Hank, condescendiente.

"Me lo han dicho, me lo han dicho…"

"Me preguntaba si estabas aquí un par de meses atrás… en este mismo primer piso había una oficina, *J.J. Solutions*, pero evidentemente se han mudado.

Unos metros delante, casi en la calle, estaba su pequeña oficina. Preston le pidió que lo siguiera.

"¿Como dices que se llama la empresa?" preguntó Preston hurgando en viejas planillas.

"Quiero creer que era J.J. *Solutions*. Lamentablemente nunca me tomé el trabajo de anotarlo, o guardar la tarjeta de negocios"

"Deberías ser más cuidadoso, Ray…"

Hank lo señaló con sus índices, inflando su autoestima.

"¡Experiencia!" sentenció Hank.

Preston sonrió. Era el gran hombre en la habitación. Revisó una lista de nombres pegada en un armario.

"Tengo un número de contacto de emergencias… quizás te sirva, Ray"

"Tú eres un verdadero salvavidas, Colin" dijo Hank, y por ventura esta vez era sincero.

Colin Preston, ahora un investigador sagaz, exhibiendo una sofisticada gama de tácticas y recursos, le dio un lápiz y un papel para que anotara lo que leería.

"Jane Colombo. Código de área local 258-6125"

"¿Hay alguna dirección listada?"

Preston miró nuevamente.

"No…"

"Espera un minuto. ¿Jane o June?"

Preston se calzó las gafas.

"June. Tienes razón. June"

Hank estrechó su mano nuevamente.

"Colin, te debo una. ¿Si envío una botella de vino aquí tienes problemas en recibirla?"

Preston extrajo su tarjeta de presentación.

"Envíamela a casa, Ray"

Hank guiñó un ojo.

Hank realizó una rápida búsqueda en la página web de la base de datos de impuestos sobre bienes inmuebles de la zona metropolitana de Washington D.C. y esta arrojó una propietaria con el nombre de June Colombo, tal como había imaginado. Llamó a un taxi y le hizo detener la marcha unos bloques antes de arribar a la dirección que había averiguado. Caminó el resto del trayecto y se detuvo frente a la casa de June Colombo. Presionó el llamador y no encontró respuesta. Solo una voz a sus espadas.

"¿Está buscando a alguien?"

Hank buscó la voz. Y la encontró. Desde la vereda opuesta una mujer que seguramente paseaba cada noche a su perro no pudo resistir entrometerse y hablar con un desconocido, vestida con ajustadas ropas de gimnasia, al anochecer y con un guardaespaldas peludo de medio kilogramo.

"¿June Colombo?" dijo señalando la propiedad.

La cruzó la calle.

"¿Es usted familiar?"

"Viejo amigo…"

La mujer trató de seleccionar las palabras, pero su cara se transformó.

"June… June… lamento mucho informarlo, June falleció hace poco más de una semana. Parece que tenía graves problemas depresivos"

"¿Suicidio?" apostó Hank, pensando en voz alta. Aunque nunca creyó haberlo expresado.

"No sé cómo decirlo y no creo que usted quera saberlo, considerando que eran amigos" dijo llevando dos dedos a sus sienes y lanzando una onomatopeya de explosión. Abrió la palma de su mano, graficando una cabeza volando en mil trozos.

La mujer continuó su camino. Cuando se perdió a la vuelta de la esquina, Hank se desplazó al costado de la edificación y comenzó a probar aberturas. Hank se levantó en puntas de pie y se acercó para mirar por la claraboya de un baño. Las paredes de *popcorn* y los de estuco color ocre, arruinaron levemente su traje oscuro. Comenzó a punzar el escaparate y no se preocupó por el ruido. En cambio, el sudor goteaba en sus ojos y le molestaba. Tenía sed y una jarra junto al lavamanos fue una motivación extra para alcanzar su propósito de ingresar a la casa por una de las entradas menos pretendidas. Por toda la vecindad, el zumbido acentuado de equipos de aire acondicionado disimulaba cualquier resonancia que producía. Calmó su sequedad y comenzó a revolver en busca de algo que no tenía idea que podría ser. Curioso, alarmado, sintiendo que respiraba con dificultad, Hank caminó erráticamente por la casa. Viejos cuadros de personas desconocidas colgaban enmarcados, agrupados en una pared. Algunos parecían mirarlo, la mayoría disconforme con la presencia de un intruso en tiempos de duelo. Los músculos de Hank estaban tensionados y se maldijo por haber abandonado sus ejercicios diarios, un golpe de pavor corriendo por todo su cuerpo era lo único que lo mantenía en pie, y se maldijo por eso. Perder el control lo enfurecía. Caminaba en las sombras tanto como le era posible. Pero le fue posible ver gracias a la generosidad de una luna llena y brillante la luz titilando en el contestador automático, que la policía curiosamente no había secuestrado. Una catarata de mensajes con el mismo origen: Amanda D'amato y un número de Maryland. Presionó la máquina y todos los mensajes se podían resumir en uno: *"June: es Amanda. Necesito hablar contigo. Es urgente. June, llámame, por favor. Llámame cuanto antes…"* La voz desesperada de la otra secretaria de Jim Jameson, la señorita Amanda D'amato, todavía retumbaba en su mente cuando Hank abandonó la casa. Pero al menos no salía con las manos vacías.

16

De retorno a New York, en un solitario vagón, silencioso y lento, aún sin haber probado un bocado, ni siquiera haber cambiado su camisa una sola vez, Hank Elliott telefoneó a Becky. Y fue gratamente sorprendido ya que por primera vez en mucho tiempo alguien le contestó una de sus llamadas, aunque en esta oportunidad, la persona en cuestión lo hiciera semidormida.

"¿Qué haces despierta a las 2 de la madrugada, *Becks*?"

Ella sonó malhumorada, pero solo por un instante. Le contestó con voz pausada.

"No lo sé, Hank. A veces por aburrimiento, por diversión, o solo para torturarme a mí misma, configuro mi reloj cucú a esta hora solo para interrumpir mis cotidianas cuatro horas de sueño," dijo Becky. Él pensó que estaba tomando un vaso de agua, pero en realidad ella bostezaba "¿Tú estás bien? ¿Hank, te encuentras bien?"

"Becky, quiero que me hagas un gran favor. Enorme, gigantesco favor. ¿Aún tienes esa lista?"

"Aún la tengo"

"¿Y no se la has mostrado a nadie? Quiero decir… además de mi…"

"Eso es correcto"

"¿Puedes fijarte en esa lista…? ¿Puedes corroborar un nombre?"

"La sé de memoria. Dime el nombre"

"June… Colombo"

"June Colombo. 1288 West Inglewood St. Washington DC"

"¿Esa lista tiene direcciones?" se espantó Hank.

"No. Lo investigué"

"¿Puedes fijarte en esa misma lista…? ¿Puedes corroborar otro nombre, Becky? Amanda D'amato…"

"Amanda D'amato. 23 North Simpson Avenue. Piso 12 Apartamento 2. Rivercrest"

"Apartamento 2 ¿verdad?," Preguntó Hank mientras anotaba en una servilleta de papel. "¿Dónde es Rivercrest?"

"Hank…"

"Becky, no muestres esa lista, ni hables de esa lista con nadie ¿Comprendes?"

"Hank…"

"Becky, no tengo mucho tiempo ahora. Te contaré todo. Prometo que te contaré todo"

"Hank… Hank… Tú entiendes que estas dos mujeres están muertas, ¿verdad?"

"¿Amanda D'amato?"

"Si"

"¿Esta muerta? ¿Amanda D'amato está muerta?"

"Hace dos semanas. Cayó por el hueco del elevador"

Esa noche una cadena de trágicos eventos se sucedieron sin que nadie encontrara una simple conexión. O se propusiera hacerlo. En Miami, Florida la cocina de un restaurante cercano a Coconut Grove estalló minutos antes de la llegada del senador republicano Walter Matthews. En Atlanta, Georgia el cuerpo sin vida de una prostituta fue descubierto sin vida en el interior de su garaje debido a las consecuencias letales del monóxido de carbono en el escape del motor. Un hombre de 44 años fue encontrado muerto en un callejón oscuro a pasos del palacio de justicia en Bronsville, Carolina del Norte, rodeado de parafernalia de drogas. Y las noticias de la tarde adherirían unas pocas palabras a la muerte de Joe Ingram.

Hank se detuvo frente a la cama de esa inmunda habitación y observó la escena tratando de contener esa fuerza abstracta del sufrimiento inevitable. El rostro de Ingram, apenas afectado por el disparo, descansaba sobre las frazadas y un hilo de sangre casi imperceptible descendía desde el parietal derecho creando un riachuelo seco en la mejilla. Ingram, un diestro, aún tenía su dedo entre el gatillo y el protector del gatillo de un Dan Wesson 2.5". Él encendió y apagó probabilidades en su mente, pero hubiera preferido un desenlace diferente.

El día anterior, su expresión de desesperación y sus ojos de dolor habían hecho un impacto en Hank. Sus pensamientos estaban cruzados. Todo era posible. Hank no tenía recuerdos de lo que existió un momento antes, pero si de lo que había vivido en el tren la tarde anterior. Si bien consideraba la idea de que Joe Ingram hubiese cometido suicidio, en su mente una pregunta rebotaba contra su cráneo. ¿Por qué, en ningún lugar de la habitación, podía encontrar su teléfono celular?

17

Becky Piatkowski había estado esperando en la acera de su edificio, cuando su promesa fue esperar en el lobby. De todas formas, dentro del mismo Becky no hubiera podido ejercitar el único vicio que la seguía desde las largas noches que había permanecido junto a los cables telegráficos durante su pasantía en su primera agencia de noticias. Arrojó el cigarrillo al suelo cuando vio a Hank descender de un taxi. Lo tomó de la mano y prácticamente lo empujo hacia la recepción y al ascensor. Los treinta segundos hasta alcanzar el sexto piso transcurrieron en absoluto silencio. Este se rompió cuando ella abrió la puerta de su apartamento. Un huracán había arrasado la sala. Desde los papeles guardados en los cajones de su escritorio hasta la vajilla de la alacena del comedor estaban diseminados por pisos, mesas y sillones. Su computadora había sido literalmente arrancada de su mesa de trabajo. La violencia había logrado desacoplar el cable y hacer saltar la tapa de la toma de corriente. Ella, por supuesto, conocía el lugar, sus recovecos. Se abrió paso a una gran sala donde una gran biblioteca supo acariciar los libros que ahora estaban sobre una alfombra persa. Su caja de seguridad estaba abierta, pero ella apuntó con sus dedos a un aparato televisor que habían dejado colgando de un solo de los soportes a la pared. Hank lo examinó totalmente ajeno a lo que sucedía. Becky separó la cubierta plástica de la pantalla de plasma. En su hueco se alojaban plegadas la lista de los desechables. El encargo que Joe Ingram había llevado a cabo con prolijidad, con la sola excepción de un objetivo: Hank Elliott.

"Pon algunas de tus prendas en un bolso, Becky. Creo que por un tiempo nos tomaremos unas buenas vacaciones…"

"¿A donde vamos?"

"Fuera de alcance"

18

Desde la ventana celó la mágica gota de rocío descendiendo casi mecánicamente por las hojas de la hiedra. El General, pareció preguntarse si era la misma gota o una sucesión de ellas. Segundos después, la misma pendía de la última venación. Ya no era clara y cristalina. Se había fundido de verde y según desde donde se la mirara, hasta gris. Ahora sí, era la etapa final de su recorrido. El General, lentamente acercó una silla a la ventana y dejó caer su cuerpo en ella, cansado, pero no rendido. La gota de rocío se pintó de marrón y, súbitamente, un viento leve la movió hasta el vértice de la hoja en donde comenzó a balancearse. El General -como si fuera un mero juego de azar- descuidó la gota por unos instantes. Abrió la cajonera de cedro claro en la cual guardaba sus más finos cigarros. Sin tiempo, desgarró el plástico cobertor y con eficacia lo botó al cesto de papeles. Encendió el habano y volvió a su silla junto a la ventana. Disfrutando de su tabaco y cruzando las piernas, respiró profundo y volvió la vista hacia la gota de roció, que al instante y de color rojizo saltó de la hoja por última vez fundiéndose con la tierra cruda de la patria. Sonrió y miró sin ver, hasta que un inmenso panorama se acercó a sus ojos. Entonces sí, un muro, un cerco blanco que era atacado por hierbas silvestres, las rozas cercanas a la puerta, las tupidas ramas del árbol. Y el árbol. Ese árbol siempre había estado allí. A pesar del clima y los descuidos, a pesar de su conocido capricho de no abonar o podar las plantas cuando fuera necesario, a pesar de las cansadas reuniones con gobernantes de las cuales había sido bruto espectador, a pesar de la sequía que azotó el país años atrás, a pesar del corte de algunas raíces que habían roto ciertas tuberías, a pesar de la indiferencia de jardineros, a pesar del General, ese árbol siempre estuvo allí. Abatido, olvidó su silla y se mantuvo de pie como saludando. De guerrero a guerrero. Se despojó entonces de todo protocolo y se recostó en el marco de la ventana, ahora cómplice, como saludando. De aventurero a aventurero. La lluvia se desató de pronto y comenzó a maltratar los postigos de madera que sueltos bailaban rebotando en las paredes. Tal vez por ello fue por lo que no sintió la llegada de sus colaboradores. Algunos de ellos, los menos, murmuraron palabras sueltas de conversaciones previas. El hombrecito que vestía un antiguo traje gris a rayas solo se limitó a asentir con la cabeza, clara indicación de que estaban listos para comenzar.

El General se acercó a ellos y despojado de gesto se dispuso a tomar dominio de la cabecera de la mesa. A sus espaldas la tormenta dejaba escapar sus virtudes eléctricas. El hombrecito de traje antiguo gris a rayas se sentó y se tomó un instante para contemplar la imagen ante su persona. El viejo General, libros descansando en sus alacenas, algún cuadro, las paredes sangrantes, el noble árbol, la lluvia y sus consecuencias.

Solo el General lo sabía, pero la rebelde gota de rocío -con su heroico recorrido- había claudicado y descansaba en los charcos, al fin.

Una vez más, el hombrecito de traje gris miró al General y le extendió una serie de papeles. Eran seis páginas informales unidas por un broche negro que el General, lápiz en mano, estudió, corrigió y devolvió. El hombrecito de traje gris recogió su pluma fuente de oro y tomó ciertos apuntes en los mismos cediéndolos a un tercero, que en ceremonioso movimiento dejó la habitación como a cargo de una importante misión. La lluvia había menguado. El General había tomado su decisión y con un golpe de vista dejó saber al resto de los hombres que solo faltaba tiempo.

El hombrecito de traje gris se privó de toda expresión mientras ordenaba sus papeles, aunque esto era una imagen de preocupación. El General le miró a los ojos y asintió tranquilizando al resto de los hombres, quienes le dejaron solo en segundos y en asombroso silencio, permitiendo al viejo guerrero pasearse por la habitación con sus manos enlazadas a su espalda, encontrándose con sus pensamientos y ciertas dudas que le azotaban. Solo el fiel hombrecito permaneció junto a él.

Era temprano aun para su copa de coñac, pero quien mejor que él para decidir el momento. Intelectualmente, siempre se había sentido distante del pensamiento de los civiles. Tal vez por ello es por lo que sentía la obligación de entrenar, domar y domesticar a cada uno de los miembros de su división. Si bien entendía el trabajo de equipo, comprendía la importancia de otros puntos de vista y absorbía información ajena a sus conocimientos, cuando se trataba de decisiones, la democracia finalizaba.

El hombrecito de traje gris percibió que el viejo soldado lo necesitaba y es por ello por lo que le prestó sus oídos.

"En poco tiempo seré asesinado, mi viejo amigo," dijo el militar mirándolo a los ojos "Y los tiempos que se avecinan no van a ser piadosos con usted, ni con su familia. Tal vez es el momento de abandonar este barco casi hundido"

"¿General Maxwell, hay algo que yo pueda hacer?"

El General abrió las puertas de una vieja alacena. Tres vasos y una añeja botella de whiskey se dejaron asir por sus manos. Los depositó sobre una pequeña mesa de café, junto a unos sillones de pana verde que rara vez utilizaba.

"Hazlos pasar"

Maxwell se refugió tras su escritorio y, si bien su mente lúcida estaba atenta a todos los detalles, quería echar un último vistazo a la información para no cometer ninguna equivocación con nombres. El General John Archibald Maxwell levantó la cabeza cuando los hombres ingresaron. El hombre de traje gris preguntó si necesitaban algo. Ante la negativa, los dejó solos.

"General…" saludó Fournier.

Maxwell devolvió el gesto con un golpe de cabeza.

"John…" dijo Jim Jameson.

El General Maxwell sirvió dos vasos de whiskey e invitó a los visitantes a recogerlos y tomar asiento.

"Caballeros, no voy a gastar mucho de su tiempo. Simplemente necesito saber unos pocos pormenores"

"John, todo va marchando de acuerdo con lo planeado. Tienes que estar satisfecho"

"Bueno, Jim. No estoy satisfecho" dijo Maxwell recorriendo archivos en su cerebro "¿Joe Ingram?"

Fournier, temeroso, indujo a Jim Jameson a brindar la mejor explicación.

"John, en todo conflicto hay soldados caídos. En esta clase de conflictos, debemos dejar a esos soldados atrás, por razones de seguridad. En mi humilde experiencia, luego de un tiempo, los hombres comienzan a fallar. Las personalidades mutan. A algunos los invade un sentimiento de culpa. Otros pelean internamente por cuestiones morales o religiosas. Unos pocos comienzan a sentirse todopoderosos y ante cualquier altercado -con su postura de juez y parte de su lado- deciden actuar saliéndose del libreto, por más profesionales que sean. Joe Ingram era un gran profesional. Cuidadoso, prolijo, sin cuestionamientos, hasta que comenzó a hacerlos y tuvimos que terminar su contrato" elaboró Jameson.

"¿Elliott?"

Jameson y Fournier se miraron. Nuevamente Fournier decidió permanecer en silencio.

"Elliott… Elliott, John, es un tema puntual. Hank, lo conozco bien, hemos trabajado juntos. Es por ello de que recurrí a él al comienzo. Fue muy importante en su momento para reclutar a estos elementos. De todas maneras, está en la lista. Es de mi raza: El no pregunta ni responde, pero, de cualquier manera, no podemos darnos el lujo de dejarlo con vida"

El General sonrió.

"Jim… ¿Tú sabes quién soy yo?" preguntó Maxwell.

"Lo sé"

"Sabes qué cargo tengo"

"Lo sé"

"Entonces, Jim, deja de dar vueltas. Hank Elliott, ¿Qué tan cerca está?"

Jim Jameson asintió.

Maxwell presionó:

"Soy el Secretario de Estado de los Estados Unidos de América, Jim. No hago preguntas que no se las respuestas, ya que previamente a esta entrevista, tenía conocimiento de casi todo. Si hay algo que aún no sepa, lo dudo. Habiendo dicho esto, repito: ¿Qué tan cerca está Hank Elliott?"

Jameson claudicó.

"Demasiado cerca"

Con un ademán de manos levemente rudo, Maxwell les dio permiso para irse.

De manera misteriosa, como si hubiera estado escuchando, el hombre de traje gris abrió las puertas y los acompañó a la salida.

Jameson y Fournier subieron a una SUV que les aguardaba. El primero disfrutaba del silencio de su acompañante. Pero esto fue arruinado.

"¿Cree que el Presidente lo sabe?"

"Los presidentes en realidad nunca saben nada, Fournier. Son solo presidentes"

19

Kathy Stavros-Ingram entendía que ellos debían marcharse, pero no le había podido ser posible de desprenderse de la mano de Becky. La sujetaba con fuerza, como si fuera lo único que pudiera sostenerla de pie. Hank pidió permiso para ir al baño, pero ingresó en el dormitorio. Kathy, al parecer, había dormido sobre las cobijas. Hank recorrió con sus ojos la habitación sin tocar absolutamente nada. La silla, la mesa de noche, la lámpara, la cama, mostraban soledad de días, como si solo hubiera sido usadas solo para una exhibición. Arriba, en el cielorraso, un ventilador colgante producía leves ráfagas de aire que movía las cortinas creando un ambiente fantasmal.

"¿Buscas esto, Hank?" dijo Kathy balanceando un saco de plástico que finalmente arrojó sobre la cama. Los billetes se deslizaron fuera de la bolsa.

Hank apenas sonrió. Pensó que lo conocía mejor. Aunque comprendía que luego del asesinato de su esposo, ella no podía y no debía confiar en nadie.

"No, Kathy. No. Pero busco cualquier cosa que pueda servirme. Números de teléfonos, correos electrónicos, algo que haya dicho, cualquier cosa que recuerdes"

Kathy fue hacia el vestidor y retornó con una caja de cartón. Fue extrayendo elementos de la caja y detallando:

"Agendas, correos electrónicos que imprimí antes que la policía se llevara el disco rígido de su computadora, algunas anotaciones sueltas y una llave que no pertenece a este apartamento o a este edificio"

Hank agradeció.

"En cuanto al dinero, Kathy. Si yo fuera tú, me conseguiría un buen abogado especializado en impuestos"

Hank y Becky pasaron la noche buscando una sola pista en la información que Kathy les había entregado en una pequeña habitación de un hotel en New Jersey. La agenda de Joe Ingram solo contenía números sin nombre. Los correos electrónicos tenían como direcciones originales de servicios temporarios. Becky, ignorante, leía cuando un nombre le perecía importante.

"¿Chris Becker?"

"No"

"¿Robert Lean?"

"No"

"¿Harry Manetti...?"

"No"

"¿Dennis Shavers? ¿Pat Guillent? ¿Sandra O'Neal...?"

"No," dijo Hank, aunque se detuvo por un segundo "¿Pat Willem? ¿Cómo lo deletreas?"

"No. Guillent. G-U-I-L-L-E-N-T. Guillent"

"No..."

Ella levantó la llave a la altura de su nariz.

"Me pregunto que abre esta llave..."

"El tono dorado indica bronce, lo siento si pensaron que era oro. Pan-99 suena como un nombre de marca. Existe una Panoramic Company que fabrica este tipo de llaves y se especializan por contrato con un solo cliente" dijo el viejo cerrajero luego de examinar la pequeña llave, mirándolos por sobre sus anteojos bifocales.

Hank recuperó el metal.

"¿Y qué cliente sería ese?"

"Difícil de decir..."

Hank abrió su billetera y le ofreció un par de billetes de veinte dólares.

"¡Oh no! No quise sugerir eso"

"Quédeselo"

"No quiero que piense…"

"Ya no pienso, buen hombre. Cancelé mi cerebro en los últimos días"

"Cuando dije que era difícil de saber, es porque es realmente difícil de saber" dijo el artesano.

"Pero usted tiene una idea" intervino Becky.

Era un local muy pequeño en Brooklyn. Tenía cierto encanto debido a las antigüedades diseminadas por paredes y alacenas, herencia de su padre, curiosamente, un cerrajero. Obtenía cierto rechazo por las manchas de moho y un inconfundible olor a hongos y perfume barato.

"El Servicio Postal de los Estados Unidos de América"

Hank meneó su cabeza.

"Entonces, voy a la oficina postal y me dirán cuál es mi número de casilla de correo…"

"Digamos que el titular de la casilla de correos presenta una identificación en la oficina postal correcta, le dirán cual es el número de la casilla de correos"

"En la oficina postal correcta…"

"Hay cerca de cien oficinas postales solo en Brooklyn"

"Imagino que vamos a pasar un largo tiempo juntos buscando a que agencia pertenece esa llave"

El comerciante se dejó caer en un taburete y se echó hacia atrás hasta casi quedar plano, con su boca apuntando a una escalera espiral y lanzando un grito con toda la fuerza de sus pulmones:

"¡Bruce! Bruce ven aquí y trae tu puta laptop"

Pasos se sintieron bajando la escalera y Becky tuvo la impresión de que un tiranosaurio se aproximaba. Bruce, de unos veintiocho o treinta años, obeso, barba descuidada, gruesos anteojos, sudoroso y malhumorado se paró frente a ellos.

"Papá, estoy ocupado…" protestó.

"¿Mirando TV?," acusó el cerrajero "Esta pareja, el señor y la señora…"

"Ingram" aseguró Becky.

"Si, seguro. El señor y la señora Ingram tienen esta llave de una casilla de correos y quieren saber de cual es"

"¿No recuerdas donde rentaste una casilla de correos, hombre?" preguntó Bruce, crítico, sarcástico.

Hank se alzó de hombros.

"Esto es lo que hay que hacer… muy simple" dijo desplegando su computadora y buscando el sitio web de Servicios Postales de América. "Vamos a declarar que perdiste tu llave y necesitas una nueva. Necesito una tarjeta de crédito para pagar por la nueva llave y una dirección de correos electrónico para recibir la confirmación de que está lista y donde buscarla…"

Hank le cedió su tarjeta.

"*mujer.soltera arroba pinmail punto com*" informó Becky.

"¿Mujer soltera?" inquirió Hank y recibió una fría mirada.

El joven completó un formulario digital y apretó la última tecla como si fuera de un piano, interpretando la Novena Sinfonía de Ludwig van Beethoven.

"¡Y… listo!" sentenció Bruce proclamando victoria. Le devolvió la tarjeta "Te cobran 75 dólares por la copia…"

"¿Setenta y cinco dólares?," bramó su padre "¡Estos malditos ladrones del gobierno! ¡Yo las cobro 19 dólares con noventa y cinco centavos!"

"En menos de una hora les enviarán un email con la información de donde recoger la copia de la llave"

"¡Ocalee, Florida?" dijo Becky casi vomitando "¿Dónde demonio está Ocalee, Florida?"

Hank se unió a ella, saliendo desde el lavabo aun con restos de crema de afeitar en su rostro. Becky hizo girar su Tablet para tener una visión panorámica y le mostro el email del Servicio Postal. Ya tenían lista una copia de la llave y podía ser retirada en la oficina donde la casilla estaba físicamente: Ocalee, Florida. En el medio de los Everglades.

Ella comenzó a agitar su cabeza, desconsolada. Hank, con una sonrisa a medio construir, asintió. Era algo que hacía mientras estaban casados: Ella se negaba, el asentía. Ella continuaba, el sonreía. Ella ponía su más expresiva cara de aflicción, el vencía. Ella volvía a intentarlo, trataba de torcer su brazo, incluso utilizando tácticas de connotación sexual, pero Hank, Hank Elliott, *¡Que obra de arte es el hombre!* desplegaba todas sus armas de disuasión y se salía con la suya.

"Parece que vamos hacia Florida" sentenció Hank.

"¿Vamos?" dijo Becky, espantada "Mosquitos, lagartos, lluvia, calor, humedad, más mosquitos, más lagartos…"

20

Mientras miraba la maleza que había crecido de manera descontrolada en el jardín trasero, Bobby Sue entraba en esa especie de burbuja que la protegía de los reveses y comenzaba a advertir que otro fracaso la alcanzaba pero que con el tiempo se convertiría en una relación más que ha terminado. Su ego y su orgullo superan los sentimientos genuinos que conducen a un silencio sin piedad. Entonces se daría cuenta de que esa persona que pensó que conocía mejor se había convertido en un extraño. Estaba triste, pero, luego de años de miseria junto a Brandon, había aprendido, o se había fuertemente educado, para enfrentar ciertos avatares con resignación.

Olivia ya dormía, era jueves y los jueves Olivia disputaba competencias de natación representando a su escuela en los torneos regionales. Un segundo puesto la había dejado más que conforme, pero tan cansada que casi no probó bocado durante la cena. Apenas si pudo ducharse y ponerse sus pijamas.

Esas noches, Bobby Sue las dedicaba a ella. Y esas noches Ella debería declarar antes de ir más lejos, sus prejuicios obvios. Ella había estado esperando un hombre como Hank durante años. Aun así, la emoción y la decepción son a menudo compañeros de cama, por lo que, como ocurre con muchos sesgos, sus sentidos fluctuaban en ambos sentidos. Y si se hubiera decepcionado, simplemente se habría quedado en el tiempo. Y si así lo hubiera hecho, su vida se habría paralizado.

Como casi se paralizó su corazón cuando una sombra difusa pasó frente a sus ojos, entre la maleza, desde una casa vecina hacia su muelle y de allí saltando hasta unos setos secos junto a su porche trasero. En momentos como este, Bobby Sue sentía con especial fuerza que uno de los principales objetivos era mantenerse erguida, en calma, tratando de contener el miedo para no dejar promover el pánico. Apagó la luz y trabó las ventanas corredizas, quedándose afuera, levantándose como una ultima frontera para proteger a su hija. Había perdido de vista a esa sombra. Comenzó a respirar con dificultad. Y dio un salto hacia atrás casi chocando con los vidrios de la abertura. Brandon, con una estúpida risa, se había colgado de las barandas del balcón.

"¿Cómo estas, mi hermosa chica?"

Bobby Sue se tomó el pecho, tratando de controlar un corazón que estaba a punto de salirse de su cuerpo.

"¡Brandon, casi me haces dar un ataque cardíaco!" estalló ella, visiblemente enfadada.

"¿Vengo a verte y recibo esta bienvenida?" dijo el padre de su hija. Y se detuvo. Sus ojos se volvieron tiesos. Una sensación de cansancio en ellos la confundió. De pronto, un hilo de sangre erupcionó desde su boca. Sus manos se desprendieron del pasamanos y cayó sobre sus espaldas, y una nueva sombra tomó su lugar. Un hombre cuyo rostro no podía ver, parado entre los barrotes de la barandilla limpió un cuchillo ensangrentado con un pañuelo.

"¿Podemos pasar a la casa y conversar unos minutos? Es acerca de su vecino. Realmente estoy teniendo serias dificultades para encontrarlo" dijo el hombre.

Jim Jameson aguardó pacientemente pese a que detestaba a aquellos que llegaban tarde a sus citas. Sin regalarles una mirada, cuatro automóviles pasaron frente a él, y recién se levantó de su improvisado asiento (un tonel en una abandonada estación de servicio de Bayonne) cuando un Buick aminoró su marcha en la esquina más próxima. Michael Smith, que esperaba apoderarse de un pago más por su trabajo, se encontró cara a cara con su contratista.

"¿Difícil de encontrar… este lugar?" preguntó Jameson.

"Difícil de encontrar mi retribución, Jameson. Me envían listas, listas y más listas de *descartables*, pero nada de dinero"

Jameson alzó sus cejas, sorprendido. Se volvió hacia el tonel y recogió una maleta. La elevó para que Smith tuviera una mejor visión de esta.

"No me gusta que mis empleados estén disconformes, Michael. Es por ello por lo que siempre que tienen problemas, tengo rápidas soluciones. Entiende que nuestro contacto no puede ser fluido. Lo comprendes, ¿verdad?"

Michael señaló la maleta. Jameson la puso sobre el tonel, la abrió y se apartó para que Michael tuviera más privacidad. Michael Smith examinó el interior y divisó, probablemente, unos trescientos mil dólares en la maleta. Satisfecho, cerró el maletín.

"Quiero salirme, Jameson. Ya es suficiente"

Jameson asintió. Le hizo sentir que lo comprendía. Murmuró que tanta muerte, tanta sangre, puede poner una barrera moral en cualquier persona, pero le aseguró que era para una sociedad mejor.

"No lo creo, Jameson. Tanta muerte, tanta sangre es por poder. Es para que Maxwell y personas como Maxwell nos muestren que tienen un pene grande o más grande que los nuestros. Maxwell quiere eternizarse en el poder, seguir siendo el hombre fuerte, más fuerte que el presidente y no quiere piedras en sus zapatos. Ni activistas, ni delincuentes, ni hombres que le puedan dar dolores de cabeza. Y yo le he ayudado a allanar el camino"

"Michael, si hay algo que no hago es preguntar ni dar respuestas. Y no interfiero en cuestiones políticas. Mi ideología gira en torno al dinero, y mal no me ha funcionado"

"Tu lo has dicho, Jameson. Tanta muerte, tanta sangre… ¿Y para qué? ¿Para beneficiar a unos pocos delincuentes aún mayores del gobierno?," dijo Michael Smith sentándose sobre un sucio cajón de manzanas "Tanta muerte… tanta sangre…"

Jameson sacó del bolsillo un cuchillo dentado, lo aprisionó con ambas manos, consciente de que apenas tenía unas décimas de segundo, y casi sin esfuerzo, casi como una pieza de relojería, descargó el lado obtuso del cuchillo sobre la cabeza gacha de Smith. Como la distancia, él parado, Jameson sentado, era tan correcta que el golpe cayó sin esfuerzo en la parte superior de su cráneo. Michael gritó, pero muy débilmente. Se paró con el cuchillo incrustado en su cabeza. Era una escena casi cómica: Un payaso borracho caminando erráticamente con un extraño sombrero. Y finalmente se dejó caer en posición fetal en el suelo, llevándose las manos a la cabeza. Jameson extrajo el cuchillo y le asestó un nuevo cuchillazo y otro golpe con el lado contundente entre las costillas, abriendo sus pulmones. La sangre brotó por sus flancos y por su boca como si fuera una toma hidrante, el cuerpo se retorció contra la pared. Jameson dio un paso atrás, lo dejó dar sus últimos movimientos y de inmediato se inclinó sobre su rostro; se cercioró que estuviera muerto pero sus ojos giraban, aunque parecían estar fuera de sus órbitas, sus dedos se habían quebrado y sus dientes rechinaban.

"Tanta muerte… tanta sangre…"

Jameson tomó el maletín, rodeó el edificio y subió a su vehículo perdiéndose en las luces de la ciudad.

21

Becky había cometido un gran error y lo sabía. Entendía que debía desprenderse de su preciado y eficiente objeto que le había costado más de dos mil dólares. Hank, sonrisa calma, aguardo unos segundos. Becky quitó la plaqueta de su teléfono celular flexible de un terabyte y arrojó el aparato en el cesto de basura, antes de subir al avión en La Guardia. Hank recogió el aparato y lo destruyó. Puso los restos en las palmas de la mano de la mujer y esta volvió a arrojarlo al cesto de basura. Entonces Hank le regaló una vieja y pesada pieza de museo, con tapa de cierre que había adquirido por treinta y seis dólares en un kiosco en uno de los locales del lugar junto al patio de comidas. Becky miró su nuevo (arcaico) teléfono con desaprensión, como si estuviera sosteniendo un manojo de excremento.

"Mierda…" dijo sin expresión.

Diez minutos antes, Hank la había sorprendido hablando con Richard E. Molinas, su jefe de redacción. Le había comentado sobre la serie de suicidios, que no eran tales, que el gobierno estaba envuelto y que se deshiciera de las notas que tenía en su escritorio. Si bien Molinas se mostró entusiasmado por el proyecto, guardó las notas en uno de sus archivos y declaró finiquitado su día laboral.

"¡Mierda!" exclamó Becky nuevamente mientras subía las escalinatas del avión. En poco más de tres horas, y habiendo jugado *Pacman* varias veces en su nuevo viejo celular, arribaron a Naples, Florida.

Bobby Sue decidió jugar sus cartas con cuidado. Abrazaba a su hija, refugiadas sobre un sillón tratando de fusionarse con el mueble. El hombre abrió sus manos, exigiendo respuestas.

"No lo vemos muy a menudo. Ese señor es muy reservado. Se mudó a aquí, creo, hace un par de meses y nadie aquí lo conoce muy bien" Bobby Sue trató de ser convincente y sintió la necesidad de agregar: "Parece un hombre muy amable…"

"Oh, si, seguro… seguro… seguro… muy amable, lo sé perfectamente" dijo el desconocido tomando un control remoto de un televisor, encendiéndolo inmediatamente y tomando un teléfono celular de su bolsillo "Y lo sé perfectamente porque hemos pasado mucho tiempo juntos, el bueno de Hank y yo. Mucho tiempo"

El hombre ejecutó una aplicación en su teléfono y reprodujo un video en el televisor inteligente de Bobby Sue, quien inmediatamente desvió la mirada de su hija ante las imágenes.

"Sin dudas, una clase de amabilidad que yo no experimente, gracias a dios…"

La pantalla mostraba a Bobby Sue y Hank en su alcoba. ella gemía mordiéndose los labios, arqueándose con fogosidad contra sus sabanas de seda blanca. Lentamente, descendía sobre el cuerpo de Hank y su boca se perdía entre las piernas.

"Mi nombre es Jim Jameson. Tal vez Hank le haya hablado de mí. Somos grandes amigos. Hemos pasado muchas cosas juntos. No como esto, claro"

Los dedos de Hank trabajaron con delicadeza, pero velozmente dentro de ella, y sus ojos se pusieron de cristal. Él comenzó un ritmo constante mientras que Bobby Sue parpadeaba sin poder contenerse, y ella no pudo evitar que sus caderas se elevaran para encontrarse con sus embestidas. Su cuerpo se enrollaba con más fuerza, entrelazando las piernas, tan desentendida de los alrededores que no podía escuchar sus pensamientos.

"¡Ah! ¡Eso no es nada bueno!," chilló Jameson señalando la pantalla que se ocupaba de mostrar el trasero de Hank columpiándose frente a ella "Seguramente Fellini no hubiera aprobado esa escena"

Olivia intentó mirar, curiosa, pero Bobby Sue, furiosa, la apoyó firmemente contra su pecho.

"Hank y yo colaboramos en varios asuntos juntos. ¿Alguna vez oyó hablar de Khalid Akhbar? Nosotros nos encargamos de que Khalid Akhbar no moleste más. Ya Khalid Akhbar no es más Khalid Akhbar"

Estaban en la ducha y Bobby Sue se retorcía de un lado a otro, sus manos parecían juntar los suaves azulejos a sus costados en nudos, y lograba que todo su cuerpo se sonrojara, y los pezones se tornaban tan duros como si fueran grandes espinas de loza. Hank los acechaba, no podía resistirse a ellos. Los mordió con los dientes, suavemente, casi rozándolos. Sin proponérselo, ambos se apretaron contra las puertas de vidrio, aplanando la piel, haciendo que sus senos se transformaran en flores silvestres.

"Hemos liquidado a un montón de gente, el bueno de Hank y yo, eso es indiscutible. Pero amable, sí que lo es. Seguro. Eso es indiscutible. Al menos con usted, señora Wayne. Aquí está la evidencia. También eso es indiscutible"

Ochenta y ocho millas los separaban de Ocalee desde el aeropuerto de Naples. Lo descubrieron al subir al auto rentado y encender el GPS. Ochenta y ocho millas en esa extraña y desierta carretera se transformarían en una hora de viaje. Tal vez más. Antes de subir al automóvil, Hank prodigó una larga y contundente mirada al sol. Le daría en sus ojos todo el trayecto. Pensó si el sueño lo vencería. Diez minutos de manejo lo obligaron a bajar la ventanilla para que el aire puro le brindara lucidez. Unos sorbos de agua hicieron el truco. Hank vio el cartel del desvío hacia Ocalee demasiado tarde. hizo un giro en U ilegal a través de un camino solo para uso policial y minutos después hizo un giro brusco hacia la dañada ruta en dirección sur. Se dirigió hacia una intersección de una autopista en dirección este y pudo ver que el tráfico estaba atascado debido a varios camiones de carga que no respetaban las líneas de tránsito rápido. Hank se desvió hacia un arcén y aceleró a lo largo de la estrecha franja de tierra, pero era demasiado. Más adelante, con presencia de agentes del orden que redireccionaban a los autos hacia el oeste, Hank volvió a la vieja ruta que lo demoraría, estaba llena de baches, pero era solitaria y libre de estorbos. Hasta que encontró el primero. Un vehículo negro, a gran velocidad, se puso sobre su parachoques trasero. Hank desaceleró y así lo hizo el otro carro. Trató de despegarse, pero siguió teniéndolo tras su trasero. El coche negro lo golpeó y Hank no pudo evitar que el automóvil comenzara a girar.

Becky se aferró al apoyabrazos justo en el momento del impacto, cortándose la frente con la correa superior del cinturón de seguridad. Dejó escapar un grito involuntario de miedo, que Hank encontró, curiosamente, algo satisfactorio. El auto se detuvo sobre una acequia sin poder moverse de allí pese a los esfuerzos. El vehículo negro no pudo frenar, dando tres rotaciones sobre sí mismo y deteniéndose en sus cuatro ruedas. Hank descendió del auto y logró ver al agresor arrastrándose fuera del vehículo, hacia los frondosos humedales. Se tomaba las costillas. Hank quiso creer que el vuelco lo había lastimado. Esperaba que fuertemente. Le dijo a Becky que permaneciera en el interior. Hank abrió el baúl y se armó con una llave de tuercas. De rodillas, el hombre estaba desapareciendo en una extensión de tierra pantanosa cubierta de hierba alta.

"¡Connie!" gritó Hank.

El agresor, Conrad Kiel, se perdió tras maleza cuando la lluvia tropical comenzaba a caer sobre sus humanidades. Hank, aunque con cierta dificultad para caminar, se internó en el lodazal, persiguiéndole de cerca. Se sentía atrapado entre querer retorcerle el cuello y cuestionarlo durante horas. Apenas estuvo junto a él, lo castigo con el hierro sobre los tobillos. Conrad Kiel de sufrir un intenso dolor pasó a casi al llanto a reír nerviosamente.

"Puedes creerlo?," dijo Conrad Kiel descorriendo su mano y descubriendo una sangrante herida de bala "Después de tanto tiempo, a la primera maniobra brusca, me pego un disparo en el hígado"

Hank se quitó su chaqueta, la dobló un par de veces aplicándola con presión sobre la herida.

"Oh, Hank… solo conseguirás arruinarla"

Hank se sentó junto a el y aprovechó para quitarle una pistola de la mano. La arrojó unos metros fuera de su alcance. "No te preocupes. No tengo fuerzas ni para beber whiskey" le dejó saber Conrad Kiel. La herida seguía sangrando a borbotones.

"¿Yo estaba en tu lista, Connie?"

"En cada una de las listas, Hank. No podían dejar a nadie con vida. Todos estábamos en alguna lista, en manos de cualquier asesino a sueldo. ¿Quién sabe? Joe, Michael," confesó Conrad, tosiendo "A propósito… ¿Joe?"

Hank negó con su cabeza.

"¿Michael?"

"No lo sé. Pensé que Joe fue un trabajo tuyo…"

"No. De eso se encarga Jameson, me imagino"

"¿Jameson viene por mí?"

"El viene por ti"

"¿Para quien trabaja Jameson, en realidad?"

"Lo único que se es que Fournier trabaja para la Casa Blanca y es muy cercano a Maxwell"

"¿Maxwell?," Preguntó Hank esperando que Conrad no muriera en ese instante ¿General John J. Maxwell? ¿Secretario de Estado Maxwell?"

"Pronto Presidente Maxwell, tengo entendido…" dijo Conrad vomitando unas gotas de sangre.

"¿Por qué? ¿Por qué esta purga?"

"Les llaman los descartables, Hank. Desechables. Indeseables. Gente que esta llamada a ser ciudadanos que le den un dolor en el culo a los gobernantes. En la lista hay asesinos en serie, violadores, estafadores, políticos, activistas, asaltantes, sindicalistas -que de todas maneras se encuadran en la última categoría- así como también gente común, gente que creen no será productiva y que terminaran siendo una carga para el sistema. No quieren a ese tipo de gente. No los necesitan"

"Es triste descubrir que soy uno de ellos" dijo Hank satisfaciendo su sed gracias al poder de la naturaleza, simplemente abriendo su boca.

"Todos lo somos. Bueno, si te sirve de consuelo, a ti te querían cerrar la boca para siempre," Conrad Kiel comenzó a reír con dificultad, dolorido y falto de aire, encontró un momento para exponer su humor "Eso en realidad tiene sentido. Es difícil que tú permanezcas con la boca cerrada mucho tiempo"

Ambos se unieron en la diversión, tanto que Hank debió secar algunas lágrimas de tanto reír.

Hubo un largo silencio. Como un homenaje, o tal vez porque la lluvia se hacía más densa, ni los animales del pantano emitían sonidos en ese momento.

Hank le dio unas palmadas en la pierna y se puso de pie.

"Ey, Hank… ¿un último favor…?"

Hank miró el arma y la recogió. Presionó la corredera hacia atrás verificando la existencia de un proyectil en la recámara. Quitó el cargador y fue arrojando a la maleza cada una de las balas. Insertó el cargador nuevamente y puso la pistola en sus manos.

"Estas solo en esta, hermano"

"Fueron buenos viejos tiempos, tú y yo ¿verdad, Hank?"

Becky había permanecido prestando atención a su diminuta herida. No era profunda, no sangraba, pero seguramente dejaría una marca permanente. Trató de esconderla montando su cabello sobre ella con la ayuda de un mágico cepillo, pero la magia no fue suficiente. Sintió un estruendo que la sobresaltó. No eran truenos, eso lo sabía. Era el sonido inconfundible de un arma de fuego. Con el rabillo del ojo vio una figura emergiendo desde el pantano. Arrastrando una pierna y con el torso desfigurado, Conrad Kiel avanzó hacia ella con la pistola en su mano. Becky, que pensó lo peor, dudó entre escapar o tratar de defenderse con el cepillo. De pronto se congeló pensando que quizás en el fondo su mayor miedo era si tuviera que vivir con miedo. Por un momento estuvo entumecida, tiesa, incapaz de pensar, actuar o respirar. El silencio del bosque, tan profundo como un velero abandonado en un abismo de mares, era una presión aplastante e inmovilizadora. A medida que Conrad se acercaba, ella gimió débilmente y trató de componerse, pero no pudo detener la fuerza despiadada del miedo. Poco a poco los pies de Conrad se posaron sobre el húmedo cemento de la vieja carretera, como consiguiendo una pequeña victoria, elevó sus ojos hacia el cielo. Cayó de rodillas y luego, de bruces sobre la ruta, que comenzó a mancharse de rojo debido al torrente de sangre que emanaba de su cuerpo. Un inquietante rayo de luz se hizo paso entre los árboles. Y luego la presión la capturó nuevamente. Inspiró ansiosamente y luego sintió que todo giraba en derredor a su lugar. Parpadeó varias veces, y sintió sus manos temblorosas agitándose sobre sus caderas. Pero cuando estaba a punto de avanzar sintió que sus piernas no le respondían, como si las garras afiladas de un animal salvaje le impedían dar un simple tranco. Se volvió buscando la puerta del automóvil, envolviendo sus brazos alrededor de sus pechos. Sin embargo, el monstruo invisible la liberó y su rostro recuperó sus funciones. Lentamente, pero firme, Hank Elliott apartó las ultimas hojas que le impedían dejar atrás el follaje amarillo. Ella sonrió.

Culminaron la epopeya en Ocalee, cuya descripción se limitaba a una oficina postal con casillas de correos externas. Sobre su techo, sujeto con cinta adhesiva, un sobre dirigido a Joe Ingram # 1777 yacía completamente mojado. En su interior, una copia de una llave.

Hank agitó el sobre.

"Seguridad nacional" dijo con sarcasmo. Deslizó la llave en la cerradura y extrajo un nuevo sobre con un papel impreso. *Henry Martin Elliott – 1155 Laurel Ct. Caravel Key, Florida.*

Hank prácticamente empujó a su exesposa dentro del auto. Casi seis horas lo separaba de casa.

22

La lluvia también caía sobre Caravel Key, pero se podía apreciar desde los ventanales la calma del mar. Simplemente yacía allí sin una ola lo suficientemente fuerte como para agitar los camalotes, si no que hacían descansar el jardín, fresco e inmóvil. Bobby Sue, sin separarse de su hija, era seguida de cerca por la mirilla amenazante de una Luger de la que Jameson nunca se había desprendido.

Olivia, casi inconsciente, simplemente pasaba las hojas de una revista de quinceañeras. Bobby Sue, que jamás había pensado en despegarse del lado de su hija (ni para ir al baño, lo hacían en pareja) siempre había sostenido que existían ciertos beneficios en hablar con extraños. En su caso, el beneficio era permanecer con vida. Ya había visto como el invasor poco había respetado la de Brandon.

Jameson, por su parte, pasó su tiempo chequeando sus mensajes y verificando que los que le había enviado a Hank, habían llegado a destino. Se dio cuenta de repente de que la mitad del cielo estaba completamente negra. Luego vio espirales de humedad que se elevaban desde el medio del mar, acechando las costas del golfo. Concluyó que era común en Florida. La temporada de huracanes y tormentas tropicales eran fenómenos habituales. Casi una tradición en la península. Regularmente se preguntaba como podían los locales vivir resistiendo el mal clima y los destrozos que este provocaba. Las personas siempre buscan sus propias torturas y luego de un tiempo comienzan a añorarlas. Como le sucedía a él con la nicotina o el alcohol. Sabía de los daños, pero no podía contenerse.

A las 9:00PM, Olivia sintió que su rutina se estaba alterando. Los viernes, como un derecho adquirido, madre e hija ordenaban una pizza y miraban un programa de trivias producido por el canal local. Se divertían más detectando de donde conocían a los participantes que arriesgando respuestas a preguntas sobre ciencia o historia. Olivia no sabía del final de su padre y Bobby Sue -por el momento- prefería que no se enterara y la televisión era una buena distracción. Jameson, cansado, sin cigarrillos o una bebida real (Bobby Sue solo tenía un licor de chocolate en la heladera) accedió a que observaran el programa televisivo, pero rechazó el intento de comprar la pizza. Olivia odió a ese sujeto con toda su energía. Lo odiaría aún más. La diversión era encontrar caras familiares: *¿Es ese el cartero, mamá? ¿Cuál es el nombre… no es ese el padre de Lucas? ¡Oh, Dios mío… la capital de Francia es Paris… demasiado fácil! ¡Perdieron dos puntos por apurarse! ¡Todavía tenían quince segundos! ¡Habla demasiado y no contesta! ¡Va a perder por hablar demasiado! ¡Es… es… es… John Philip Souza! ¡No…! ¿Cuál es el nombre…?* Ahora solo podía decirlo internamente y se sentía frustrada ya que conocía el noventa por ciento de las respuestas a las preguntas realizadas en el programa de esa noche.

Mientras la noche avanzaba, Bobby Sue decidió preparar café y tratar de entablar una conversación que envolviera los propósitos finales de Jim Jameson. Saber si su objetivo era solamente Hank, quizás ella y encontrar una pizca de aliento en una palabra tranquilizadora del intruso con respecto al futuro de Olivia.

La ignorancia sobre los destinos es un sentimiento incontrolable en situaciones límites, momentos donde la falta de experiencia es fundamental. Donde a menudo una persona se queda sin palabras, sin poder hablar o sin encontrar como hacerlo. Bobby Sue solo atinaba a querer salir de ese lugar lo más rápido con su hija a cuestas. Sus definiciones destacaron su incertidumbre al navegar situaciones ambiguas y la peligrosidad resultante cuando alguien se desvía de la norma. Jameson aguardó a que ella tomara un sorbo de la infusión, aromática, por cierto, y le arrebató la taza. Ella hubiera deseado haber vertido algún veneno en ella, aún a costa de su propia vida para liberar a su hija.

Era una incógnita para Becky Piatkowski como Hank podía conducir sin salir de la carretera ante los tifones de agua que azotaban el parabrisas. Ella no podía hacerlo, apenas, cuando pasaban bajo un puente divisaba las líneas laterales amarillas marcando el borde izquierdo de la calzada de un solo sentido. Miró a Hank y pensó que algo conservaba de aquel joven que conoció décadas atrás. Algunas canas, más arrugas, excesiva melanina debajo de sus ojos. Lo estudió, y el semblante cansado seguramente era debido a la actividad ininterrumpida de las últimas semanas, aunque su mirada distraída era un escudo que Hank utilizaba para no ser molestado. Era, simplemente, su marca registrada. Aunque, contado sus bigotes o su sonrisa, había que admitir que tenía varias. Durante un tiempo, fue guiñar un ojo y evitar dar una respuesta.

El escape principal, y lo había utilizado mucho durante su matrimonio era el guiño. *¿Hank, vamos a ir a la ópera o no?* Guiño.

Aún seguía siendo muy apuesto y Becky comprendía porque mujeres jóvenes habían pasado por su cama en el comienzo del otoño de su vida. Becky era de las personas que sostenían que era muy difícil mirarse a sí mismo desde el punto de vista de otra persona cuando significa aceptar las formas en que no se está a la altura del propio concepto personal. Pero si lo podía soportar, se examinaba a través de los ojos de otra persona, un desconocido, que posiblemente puede ayudar a convertir en la clase de humano que deseaba ser. El largo viaje desde los sueños hacia la realidad no es cómodo. No se compran asientos de lujo para transitarlo.

Becky pensó al azar en el momento en que Hank empujó a un borracho que estaba siendo irrespetuoso con clientes de un restaurante a la nevera durante una pelea. Tan buen mozo, tan seguro de sí mismo. Era la tercera o cuarta cita y ella ya había perdido su cabeza por él. Hank se acercó al ebrio parroquiano y le pidió abandonar el local. Este se negó e intentó un puñetazo que se perdió en el aire. Hank lo había tomado de la mano, dobló su brazo hasta ponerlo de espaldas y le dio un puntapié que eyectó al hombre para terminar dentro de una heladera de encimera. Encendiendo un cigarrillo bajó la tapa del refrigerador y se sentó sobre ella, mientras el encargado llamaba a la policía. Si ella no hubiera estado ya enamorada de él, se hubiese enamorado en ese momento. Luego entendió que Hank tenía estas formas constantemente, a veces a propósito, hasta que Becky rompía en histeria. Para risa o para llanto.

"¿Tal vez cuando veas una gasolinera puedas parar por café...?," sugirió Becky "O una gaseosa... o té... ¡Mi reino por una buena taza de té con limón!"

Hank le dispensó una mirada. Y ese intento de mueca que él llamaba sonrisa.

"*Becks*, si tienes que orinar, solo dilo"

Ese era un gran cambio.

"¡Hank!"

Hank no se expresaba así, los años y las vivencias le habían insertado cierta rudeza a su lengua. Ese era un gran cambio.

"Son funciones corporales normales"

Ese era un gran cambio.

"¡Hank, córtala!"

Su insistencia para prolongar una broma que no hacia gracia era algo nuevo. Un joven Hank nunca hubiera explorado el tópico de líquidos orgánicos, residuos de alimentos humanos u otras secreciones. Ese era un gran cambio.

Se detuvo en una gasolinera a ochenta millas de Caravel Key, pero le advirtió que no lo hubo hecho por café o la necesidad imperiosa de Becky por ir al lavabo (de hecho, Hank fue el primero en visitarlo) sino para cargar combustible. Cuando completó el tanque, Hank se apartó y encendió un cigarrillo. Becky volvió con dos vasos descartables de café humeante.

"Esa chica… ¿Bobby Sue… correcto?," preguntó Becky. Hank asintió "Bobby Sue. ¿A qué se dedica?"

"Notaría pública… bienes raíces… decoración de casas…"

"¿Todo eso?" dijo ella asombrada.

"Algo de eso…"

Becky pensó que en un pueblo como Caravel una persona podría tener varias actividades a la vez. De acuerdo con la respuesta y conociendo a Hank, su indiferencia, su memoria selectiva, Bobby Sue Wayne ejercía una de esas profesiones, pero el no tenía la mas remota idea de cuál de ellas.

Becky mojó sus dedos y limpió restos de café que Hank dejaba sobre sus labios.

"Tu sabes, Hank… en la ruta, cuando vi a ese hombre salir desde el pantano, ensangrentado, pero con un arma en la mano…"

Hank, su mueca, su gesto usual.

"Pensaste que había muerto…"

"Déjame terminar. Cuando vi a ese hombre salir desde el follaje, lleno de sangre, con un arma en la mano…"

"Te preocupaste por mi"

"¡Hank! Déjame terminar…" Hank se lo permitió con un simple gesto de manos "Luego cae de rodillas en la carretera… y como un elegido tu emerges desde el barro, erguido, sonriente…"

"Entonces es cuando te alegras de que este vivo"

Becky, cansada de interrupciones, giró sus ojos"

"No es eso. No, Señor Arrogancia. Hubiera deseado tener mi celular, registrar la escena, incorporarle música… se hubiera hecho viral en segundos…"

Ella encendió la radio y seleccionó la música para el viaje. On The Road Again, de Willie Nelson. Hank comenzó a cantar con el pelirrojo intérprete: *De nuevo en la carretera, No veo la hora de volver a la carretera. La vida que amo es hacer música con mis amigos.* Becky se unió al dúo como si fuera una adolescente sorteando un día de colegio: *Y no puedo esperar para volver a la carretera. En la carretera de nuevo. Ir a lugares en los que nunca he estado. Ver cosas que tal vez nunca vuelva a ver. Y no puedo esperar para volver a la carretera.*

El vehículo atravesó a gran velocidad las calles de Leif City. Treinta minutos para Caravel Key.

Richard E. Molinas ya había pasado más de treinta años en el periodismo y casi quince como jefe de redacción del New York Daily Informer sin poseer muchas habilidades en nuevas tecnologías. No entendía como si marcaba el mismo número de celular que Becky Piatkowski había utilizado desde el comienzo de los tiempos, retornaba el llamado empleando los mismos dígitos, ella no contestaba. Molinas no sabía que el teléfono de la mujer descansaba en el fondo de un cesto de basura. Molinas tomó por asalto la oficina de su empleada estrella y comenzó a indagar en cada archivo de su ordenador, cada anotador, cada papel suelto, cada calendario por alguna evidencia que pudiera atar una secuencia larga de suicidios con figuras del gobierno. Alguna prueba que pudiera mostrar que los suicidios fueron provocados, o simplemente no fueron tales. Molinas, un hombre no muy alto, con veinte libras que cada verano aseguraba que perdería, cercano al medio siglo, nunca había podido sostener un matrimonio. Y había ambicionado hacerlo cinco veces.

Solo Molinas, Wally Pepper y una pasante restaban por abandonar la sala. Pepper era un viejo gruñón, obsesionado con la gramática y el uso correcto de la puntuación. Era uno de esos locos que además cambiaba los titulares originales, y verificaban los hechos, las cifras y la ortografía antes de que el material llegara a la imprenta. Jasmine Johnson, recién salida de City College, unos veinte o veintidós años, trataba de sumar créditos a su rendimiento laboral y ser considerada para una función efectiva, objetivo por el cual estaba dispuesta a todo. Era articulada y llevaba siempre una pose distinguida. Y lo más importante: Siempre estaba en punto de alerta.

"Jasmine…" llamó Molinas desde la oficina "Becky Piatkowski ha llamado hoy… en cualquier momento? ¿Mensajes?"

Jasmine Johnson dijo que no lo sabía, pero corrió hasta la recepción para indagar si las telefonistas habían guardado algún recado. Retornó con unas cuantas anotaciones sueltas redactadas a mano. Molinas los examinó mientras caminaba a su sector. Señaló el escritorio de Becky.

"Siéntate allí y trata de adivinar los números para ver la computadora" le ordenó Molinas.

¿Adivinar números? ¿Ver la computadora? Se dijo ella.

Molinas tenía el peso de la publicación sobre sus hombros, lo que puede ser una gran responsabilidad, pero también suelen ser la cara frente a los inversores, y es su interpretación del presente y del futuro lo que dicta sus pasos. Se había visto indefenso en los últimos tiempos ya que la competencia era brutal y las propagandas menos frecuentes. Como era de esperar, Molinas hurgaba en cualquier terreno por grandes noticias para cosechar. Si había un talento de cual pudiera ufanarse, diría que era adelantarse a las noticias que se van a escribir, pero lo hacía distinto era su instinto para elegir a qué historia se le daba prioridad y quien cubriría esa historia. Esa noche, sus cartas marcadas no funcionaban. Ingresó a su oficina con la intención de cerrar sus ojos por diez minutos, pero la empresa no duró treinta segundos. Jasmine golpeó la puerta de vidrio y entró acarreando un montón de papeles. Los dejó sobre el escritorio para comenzar a desvestirse arrojando sus ropas sobre un sillón. Ganó espacio entre Molinas y su escritorio apoyando sus codos en el mueble, una posición que le permitía ser tomada por detrás y leer al mismo tiempo.

"Si bien la señora Piatkowski no tiene demasiados emails sin leer, tuve acceso a una lista de sus llamadas telefónicas en su teléfono personal" dijo Jasmine Johnson, y ordenó: "Rápido, más rápido"

Molinas, con sus pantalones a la altura de sus tobillos y jadeando en cada empellón, solo podía ver sus cabellos rizados y de un azabache salvaje, cuando quería observar esos papeles.

"Y tú… como… lograste… eso…?"

"Tengo un contacto en Verizon" Y por *contacto* quería decir amante "Ella llamó a la oficina de un tal Preston Perry varias veces en los últimos días…"

Sudando, tratando de hacerse fuerte, Molinas recorrió su banco interno de memoria:

"Un abogado peor que la escoria"

Jasmine continuó seleccionado nombres de la lista de la compañía de teléfonos.

"Hay un tal William J. Fournier… la conversación duró diez segundos. 8:33PM a las 8:43PM" dijo exactamente "¿Quién es William J. Fournier?"

Muy delgada, pero ágil y musculosa, Jasmine rotó sobre si misma sosteniendo los papeles sobre la cabeza de Molinas.

"¿Quién es Fournier? Ella lo llamó… casi veinte veces"

"Me alegra que me preguntes a mi y no a nadie más en esta redacción, ya que se burlarían de ti. William J. Fournier es un asesor especial del Departamento de Estado"

En ese punto, ¿No debería ella estar diciendo: *¿Sabes qué, crees que soy idiota?* o *¡jódete, ahora arréglate tú mismo!* En cambio, continuando con su ambicioso plan mostró una docilidad instantánea: se deslizó sobre sus rodillas. Sus manos, las manos de una experta, trabajaron exactamente donde importaba.

"¿Henry Elliott?" continuó preguntando Jasmine determinada e intercambiando páginas.

Ella comenzó a hacer el trabajo que Molinas no estaba haciendo. Se colgó de sus hombros tomando la iniciativa, se abrazó a él y comenzó a moverse frenéticamente. El pensó que estaba tratando de asesinarlo. Sus piernas no resistían y de pronto, un dolor repentino e intenso en la parte inferior de la espalda le asustó. Lo traspasó como si una flecha le provocara una lesión violenta. Por un momento pensó que tendría problemas para controlar los intestinos. Con mucha dificultad la depositó sobre la alfombra y corrió fuera del lugar con pasos cortos, aunque deseaba volar, pero era impedido por sus pantalones bajos.

"Anota el número de Elliott. Es el ex marido de Becky. Trata de contactarlo" dijo apretando su mandíbula hasta hacer rechinar sus dientes "Vuelvo en un segundo"

En su fuga, Molinas casi atropella a Wally Pepper. No lo consiguió, pero le obligó a hacer malabarismos con una taza de café cuyo contenido parcialmente se desparramó sobre su pullover. Lo siguió con su mirada, ya que Molinas parecía una ballerina sin música rumbo a lo desconocido. Tomó un racimo de toallas de papel y comenzó a secar su ropa tanto como pudo. Mientras lo hacía, vio a Jasmine Johnson, confundida, con solo sus zapatos de taco de agujas puestos, apoyada en el marco de la puerta de la oficina de Molinas"

"¿Qué cuerno le pasa a este tipo?"

Wally la miró detenidamente. Hacía años que no veía a una mujer desnuda, tan joven, de cuerpo tan trabajado, y no desperdiciaría la oportunidad.

"O bien acaba de poner una cazuela en el horno, o tuvo un instantáneo ataque de homosexualidad" dijo Wally Pepper tomando una servilleta con la punta de sus dedos "Toma, cúbrete. No querrás pescar una pulmonía…"

23

Algunos jóvenes briosos danzaban fuera y dentro de *Aurora*, el bar de Jerry Kinsky en la calle principal de Caravel Key. Allí Hank aminoró la velocidad para evitar tener percances con aquellos descarriados que tenían unas copas de más. Dobló por el camino de tierra hacia el golfo y casi a paso de hombre, apagó las luces del automóvil. Caminó unos cien metros e ingresó a su casa sin certeza de que encontrar. A oscuras avanzó reconociendo las paredes con su tacto hasta encontrar su pistola, tras el respaldo de un sillón, adherida con cintas a la pared. Recorrió su pieza, inspeccionó el baño, su cocina, la pequeña habitación que oficiaba de escritorio y comprobó que las ventanas corredizas no habían sido violentadas. Salió al balcón con sumo cuidado, lentamente, tomando precaución de no hacer gruñir las tablas a su paso. Encendió un cigarrillo y se dispuso a llamar a Becky. La casa parecía en orden. Parecía estar en calma. Parecía ser seguro. O no. Hank interrumpió la llamada y empleó su celular con la función linterna. Allí, bajo el balcón de su vecina, sobre fuertes ligustrinas, pero incrustado en ellas, la indudable silueta inerte de un humano yacía sin esperanza. Bajó las escaleras exteriores y saltó la pequeña cerca entrando al terreno trasero de Bobby Sue. Entonces vio su primera cara familiar. Brandon, con sus extremidades quebradas y el rostro petrificado, había sido terminado. La segunda cara familiar llegó desde las alturas.

"Ey, Hank ¿Por qué no te unes a la fiesta"

El General John Maxwell se mantuvo al margen, en un rincón distante de su oficina, observando los lomos de libros que ya había leído, textos que había analizado, escritos que había incorporado a su vida después de haberlos encontrado inspiradores, útiles. Sobre otro sector, en los sillones del jardín, comenzaban a decidirse los pasos a seguir. El hombre de traje gris, de hablar pausado, de movimientos lentos, era conocido por su discreción o cuidado extremo al momento de dar una opinión. William J. Fournier, sentado, hubiera deseado hablar directamente con el Secretario de Estado y que el hombre de traje gris solo se hubiera limitado a servir café. De esta manera, se sentía que estaba bajo observación en un problema del que no hubiera querido participar en primer lugar. Fournier, desde un comienzo, pensó que un plan para alivianar el camino de Maxwell a la presidencia quitando del camino personas que solo pretendían causar rupturas, caos, aprovecharse del gobierno o de la sociedad con pretextos, interrumpir el sistema de vida o que puedan influir sobre votantes rivales era una idea descabellada, pero las promesas futuras doblaron su integridad y por consecuencia, su cordura. Ahora, embarrado, solo pensaba en atajes para desligarse del método criminal. Un hombre de su calibre se había visto envuelto con mercenarios, hampones y asesinos a sueldo, la misma clase de gente de la que el General se quería deshacer. Ahora él era escoria. Ahora él era un *descartable*.

"Creo que Jameson ha perdido el control, o no lo tuvo en primer lugar, General" dijo Fournier elevando la voz.

Maxwell señaló al hombre de traje gris.

"Diríjase a él, señor Fournier" dijo el General.

Fournier volvió la vista hacia el hombre de gris.

"Jameson, como decía, ha perdido el control de la situación. Creo que se le debería haber puesto a cargo de la ejecución, no de la planificación, General…"

La dura mirada del General Maxwell lo intimidó. Fournier se resignó y volvió al hombre de gris.

"Esto no luce bien. Podría afectar seriamente la candidatura a la presidencia del General. Menos aún si llega a la prensa"

El General, finalmente, dejó de lado su indiferencia.

"Esto es lo que sabemos. Delincuentes han muerto. Tienen usualmente una vida llena de riesgos. Gente se suicida, no es una novedad. Se trata de que se puede probar, no lo que la gente infierne, señor Fournier. ¿Cuál es la conexión? ¿Qué haría pensar que hay culpables? Aun, si llegara a la prensa, ¿qué podrían publicar? Finalmente, ¿Por qué llegaría a la prensa?"

"Hank Elliott" respondió Fournier.

"Hank Elliott…"

"Su exesposa es Becky Piatkowski"

El General asintió.

"Pero Hank Elliott ya no es un problema, ¿verdad?"

Erik Cusimano había festejado su primer año como oficial de patrulla en Caravel Key esperando a que los turistas cometieran alguna falta vial. Sentado y sentado, y esperando y esperando. Esperando escapar de la estación y hacer algún trabajo policial real. Sentado en su Crown Victoria como la presencia de vigilancia asignada durante la construcción nocturna de carreteras. Sólo... sentado... allí. Llegó a su casa antes de la medianoche y lo único que deseaba era una cerveza fría, no totalmente congelada, ya que cuando había bebido cerveza congelada, parte de ese carbónico tan saborizante y de esa burbuja tan excitante se perdía, y terminaba siendo muy plana. Encendió el televisor y eligiendo canales, decidió observar el programa de trivias de los viernes. La audiencia reía ante cada intervención de una niña que revelaba las discusiones de sus padres. ¿Tú padre le hace regalos a tu madre? Solo cuando necesita un favor ¿Qué regalos le hace a tu mamá? Siempre botellas de vodka, pero mi mamá no toma. Cusimano sonrió. La niña era adorable, pero usualmente estos programas estaban dirigidos por un prestablecido libreto. Seguramente este era uno de esos casos.

Solo se desabrochó el cinturón, a punto de descalzarse, escuchó su radio carraspear.

"Erick... ¿Cuál es tu veinte?"

Eructó antes de contestar.

"Estoy en mi casa, Capitán…"

"Tenemos un posible 10-31" dijo la voz del Capitán Keith Lamar "1155 Laurel Ct."

"Ya mismo, Capitán"

"10-9 por favor…" ordenó el Capitán Lamar.

Cusimano tragó saliva. Odiaba esos códigos

"Eh… 10-4"

Se compuso tan rápido como pudo y trepó a su patrulla con un cierto entusiasmo que jamás había percibido. Al mismo tiempo, sabía que al volver el sabor la cerveza no sería el mismo.

Escudado por Olivia y Bobby Sue, Jim Jameson le apuntaba desde el balcón. Hank comenzó a subir las escaleras y una vez que rindió su pistola, Jameson empujó a las dueñas de casa sobre la alfombra. Cuidadosamente, palpó a Hank, y también recibió el mismo trato que las mujeres, lastimando su brazo contra una mesa de vidrio.

"¿Dejarlas ir está fuera de cuestión, Jim?"

"La pregunta es, Hank ¿Por qué? ¿Por qué esta actitud? ¿Por qué este cambio? ¿Un ataque de moralidad?"

"Se podría decir que sí. Aunque no recuerdo que el trato fuera asesinar conciudadanos. No firmé para esto"

"Vamos, Hank. Te he visto en acción. Te he visto en acción en Centroamérica, Medio Oriente, África… Realmente no crees que esta actuación sea convincente para mí, ¿verdad?

"Oh, sí. Soy tan culpable como tú, por cierto. No estoy negando responsabilidades. Podría excusarme y decir que esas operaciones especiales eran solo eso: Operaciones de la División de Actividades Especiales"

Titubeando, sin dejar de abrazar a Olivia, trató de llamar la atención de Hank. Finalmente fue más allá.

"Hank, ¿quién es este hombre?"

Hank posó su mano sobre la de Bobby Sue, tratando de calmarla, o al menos dilatar el momento.

"Te diré todo. Luego… te diré todo"

Jameson era una mezcla peligrosa de intervenciones leves, humor pretendidamente sarcástico, locuaz y caprichoso, por más que se vanagloriaba de *no hacer preguntas y no dar respuestas*. Con una experiencia de casi sesenta años dentro y fuera de la sociedad, había sido brillante como soldado y poco eficaz en la diplomacia.

"No habrá un *luego*, Hank" dijo Jameson tornó una silla y se sentó con sus codos apoyados en el respaldo "Usted ve, señora Wayne, La vida nos brinda sorpresas todos los días. Algunas son leves, otras son impactantes. Las sorpresas de Hank siempre son impactantes," solo movió sus ojos en dirección a Hank "¿Recuerdas Kuwait? ¿Recuerdas Kuwait, Hank?"

Jameson continuó hablando, esta vez hacia Bobby Sue.

"Los iraquíes estaban tomando Kuwait y teníamos que sacar a tres de nuestros hombres que estaban en la embajada turca. Había solo diez lugares en el helicóptero y Hank jugó a ser Dios. Montó en la nave a nuestros hombres y a sus amigos... el resto fue ametrallado por los invasores, señora Wayne. Así es el bueno de Hank. Y puedo seguir mencionando Nicaragua, Pakistán Congo... dime cualquier continente, querida. Allí estuvo Hank y allí hubo sangre inocente derramada" Jameson se levantó de la silla y explotó: "Y ahora... y ahora que es mi momento de brillar, ser un líder y retirarme con millones de dólares a un paraíso caribeño, este... dios... recibe un mensaje divino, tiene un ataque de conciencia y quiere redimirse siendo bandera de una causa justa. ¡Tú no eres mejor que yo, Hank! No eres ningún dios. Si mal no recuerdo cobraste buen dinero por este trabajo y no serás quien lo arruine" elevó su arma. La mirilla se encontró con la frente de Hank Elliot.

Fue un sonido seco.

Richard E. Molinas despertó casi antes que su teléfono vibrara. Buscó sus lentes en la oscuridad y cuando finalmente encendió la luz se los colocó y contestó la llamada. Eran las tres de la mañana y -pensando que no se tomaría la orden al pie de la letra- le había dicho a Jasmine Johnson que le comunicara cualquier pista que encontrara. La joven aspirante a periodista le informó que finalmente había sido posible ingresar en los archivos digitales de Becky Piatkowski y entre ellos uno en particular que mencionaba una conexión entre Hank Elliot y un ex agente de la CIA llamado Joseph Louis Ingram, hallado muerto en un hotel bajo un manto de sospecha entre suicidio y asesinato. Por mensaje de texto, le envió una fotografía de Joe Ingram y una captura de pantalla del funeral y una sollozante Kathy Ingram, su esposa.

"¿Tenemos como contactar a esa mujer?" preguntó Molinas, bebiendo una taza de café frio. "¿Jasmine, has podido conseguir datos de Kathy Ingram?"

Molinas comenzaba a impacientarse.

El número de teléfono y la dirección apareció en la pantalla de su celular.

"Cuándo esta historia sea publicada… ¿crees que podré tener mención de colaboración, Richard?" preguntó Jasmine Johnson con voz melosa.

Esta chica iba a llegar lejos.

Si bien el General Maxwell parecía un hombre paciente, esa noche miraba exigente a su asistente esperando novedades, como si el pobre hombre de gris tuviera en sus manos la posibilidad de manipular el tiempo. Quien lo hubiera creído. Observados a simple vista, los ojos del General parecían saludables, el iris lucía brillante, luminoso, tan intactos como porcelana. Los ojos muy abiertos, la piel arrugada de la cara, las cejas de repente fruncidas, todo esto, como el hombre de gris avizoraba, significaba que se estaban transformando por la angustia, y era la primera vez que sucedía. Con los puños cerrados, como si aún tratara de retener en su mente cada una de las decisiones tomadas, aciertos y errores, sin noción que el teléfono sobre la pequeña mesa de café alguna vez se expresaría. La luz de la pantalla se iluminó y el hombre de gris atendió el llamado. Escuchó en silencio duramente diez segundos exactos. El hombre de gris cortó la comunicación y lo volvió a dejar sobre la mesa.

"Todo ha terminado" dijo.

24

Era solo un agujero en el cristal. De pronto, comenzó a astillarse, mutando en miles de pequeños átomos radiantes y desmoronándose de manera muy lenta.

Los cristales se transformaron en una alfombra uniforme que encandiló el balcón.

Jim Jameson se volvió y dejó su arma sobre la silla. Al inclinarse vio unas gotas de sangre que se deslizaban desde su cuello. Comenzó a sentir una súbita sensación de vértigo y perdió el equilibrio. la sensación de estar en el centro de una explosión. Pareció haber un fuerte estallido y un destello de luz cegador a su alrededor, y sintió un tremendo impacto, sin dolor, solo un impacto violento, como si se tratara de un leve golpe; con él una sensación de absoluta debilidad, una sensación de vulnerabilidad extrema y amparada en la nada. Cayó al suelo en un espacio de tiempo mucho menor a un segundo. Tuvo una sensación de entumecimiento y aturdimiento, una conciencia de estar al borde de la muerte, pero una muerte sin dolor en el sentido imaginado.

La caída del vidrio descubrió la figura de Erick Cusimano, quien inmóvil aun sostenía fuertemente el arma en sus manos, todavía apuntando al cuerpo inmóvil, a punto de destrozar el panel de agarre. No parpadeaba, había sido testigo de su primer acto mortal.

Hank se aproximó lentamente al oficial con sus manos en alto. El radio carraspeaba y Hank, haciendo descender los brazos del oficial, contestó que había un agresor caído. Con cuidado ayudó a Cusimano a caminar hasta una silla. Fue hasta la puerta de entrada y al abrir la puerta se encontró con varios patrulleros y ambulancias con activas luces, pero inactivas sirenas. Los policías se aseguraron de que Hank no estuviera armado, aunque Becky ya había explicado la situación al Capitán Keith Lamar.

"Lo siento, Hank… estaba preocupada… debí llamarlos"

Hank asintió, aprobando tal determinación.

Los oficiales protegieron con mantas a Bobby Sue y a Olivia, quien sin entender vio desfilar a otros agentes que cubrieron los cadáveres de dos personas y no solamente al de quien le hubo hecho pasar horas de pánico e perplejidad. Unos zapatos sin cubrir sobre el crecido césped del patio trasero, la del segundo cuerpo, le resultaron familiares. Eran botas de construcción. Y ver la camioneta de Brandon, su padre, abandonada sobre la otra vera de la calle le dio la evidencia final. Comenzó a llorar, pero comenzó a llorar por todo lo vivido.

Ambas salieron de la casa y mientras las hacían sentar sobre el pescante de la ambulancia, Bobby Sue miró a Hank sin comprender. Ella tenía una regla general que le permitía juzgar, cuando el tiempo apremiaba y necesitaba hacer un juicio rápido, si hay alguna razón para comportamientos extremos. Nunca había conocido a una persona con tantos eventos excesivos. Asustada, confundida, alegre de tener a su lado y a salvo a su hija, dedujo que tenía sentimientos encontrados acerca de Hank.

"¿Y luego qué…?"

Era, tal vez, su frase favorita. ¿Y luego qué? Richard Molinas ya había chocado contra este muro que el arrogante jefe de abogados del New York Daily Informer levantaba al momento de publicar artículos controversiales.

"¿Y luego qué?"

Hank acomodó su brazo lastimado deslizando la correa del cabestrillo de yeso sobre su hombro. Se interrumpió para mirar a Becky, extrañado, pretendiendo no entender lo que este tipo decía.

"¿Y luego qué?," repitió Ryan Percival "Becky, no tienes nada, Tu quieres publicar una historia que nunca existió. No hay rastros del dinero, ni de dónde vino ni a donde fue, porque entiendo que son billetes físicos. ¿Cuál es la conexión entre Maxwell y…," Percival chequeó sus notas "James Jameson… no hay un solo indicio de que un tal James Jameson haya trabajado en la CIA o contratado por la CIA…"

"¿No creerá que utilicen nombres verdaderos?" tuvo que decir Hank.

El abogado lo miró con una despreciable actitud.

"¿Tu eres Hank Elliott?," Luego se dirigió a Becky: "Él es tu fuente?"

"El es una de mis fuentes" afirmó Becky.

"¿Un mercenario? ¿Un ex CIA? ¿Esa es tu fuente? ¡Becky, por favor! En el caso que todo esto sea verdad, ¿él va a testificar? Supongamos que el va a testificar…" se detuvo, y con una sonrisa burlona miró a Hank "Conspiración para cometer asesinato, docenas de cargos y acusaciones de solicitud para cometer asesinato y uso ilegal de una computadora para cometer un delito, amigo. Eso para empezar, ¿Comprenden? En cinco minutos más continuaré con una montaña de cargos más. Estamos hablando de veinte años en prisión. ¡Mínimo!" afirmó Percival.

Examinó otras notas, en particular una, con el nombre de Kathy Ingram al cual trazó un gran círculo de tinta roja a su alrededor.

"Hablemos de Katherine Stavros-Ingram. Ella recibió miles de dólares de dinero en efectivo. ¿Ella testificará? ¿Se expondrá a una década tras las rejas? ¿Devolverá el dinero?" dijo el abogado, casi perdiendo la voz.

"Hablemos de Maxwell, Richard. Hablemos de un General condecorado, un héroe de *Tormenta del Desierto*, candidato a la presidencia de la primera potencia mundial al cual acusaremos de ser un asesino en masa, algo que nunca podremos probar… ¿Sabes como luciría este periódico? Peor que un diario sensacionalista, Richard, Becky…" continuó.

Becky Piatkowski, mientras alzaba su protesta, se arrepentía de sus palabras.

"Pero es la verdad" protestó Becky.

"No es algo que podamos probar, Becky. No te engañes"

"¿Quieres decir que no solo no puedo publicar mi historia, sino que este degenerado caminará tranquilo por las calles?

"Y tal vez, el próximo año se convierta en el presidente de los Estados Unidos de América, Becky"

La muchedumbre fuera del salón de Lincoln de la Universidad John Jay, en Washington, se dividía en dos facciones perfectamente distinguibles, pero los que protestaban estridentemente pertenecían al grupo mayoritario. El Secretario de Estado, General John Maxwell, estaba hecho para enfrentar trucos de intimidación. Se hizo paso entre un corredor humano casi sin la ayuda del personal del Servicio de Seguridad Diplomático hasta las escaleras del edificio, saludando y sonriendo ante las quejas evidenciando que el político estaba dejando a la sombra del soldado detrás. Solo se distrajo al ver la cara preocupada de su asistente y se volvió hacia un hombre que tras las cintas separadoras lo observaba sin expresión.

Tranquilizó a sus custodios y dio un par de pasos fuera de programa para colindar a él.

"¿El señor Elliott, asumo?" dijo el General John Maxwell soportando agresiones verbales de los presentes, y enorgulleciéndose de aquellos simpatizantes que pujaban en su favor. Elliott contestó con un pausado parpadeo "Tal vez no lo comprenda ahora, señor Elliott, pero con el tiempo, ahondando en los resultados de la historia, se convencerá de que la mejor opción. Yo ya no estaré, pero quizás usted alcance a experimentarlo"

Hank sintió que el cabestrillo de yeso estaba nuevamente fuera de lugar, pero no quiso que Maxwell obtuviera el mínimo placer de su sufrimiento.

"¿Sabe, General? Usted y yo coincidimos anteriormente en un momento de nuestras vidas…"

"¿Es eso correcto?"

"1998, justo antes de que se iniciaran las operaciones aéreas en Yugoslavia…"

El General asistió.

"Una gran tragedia, realmente. ¿Estuvo usted allí?"

"No fui parte, pero si testigo de la evacuación de ciudadanos armenios de la cual usted estuvo a cargo. Lo vi moverse con firmeza, y debo admitir, que ironía, con mucha paciencia y gran cordialidad hacia ellos, General"

El despiadado político volvió a ser un soldado por breves instantes, rememorando buenos viejos tiempos concluyó en que tenía muchas cosas de las cuales congratularse, acciones por las cuales medallas no hablaban realmente. Esos lugares, esos momentos habían desaparecido, pero Maxwell, la filosofía de Maxwell, decía que mientras quedaba tanto por hacer, ¿por qué perder el tiempo centrándose en las cosas que ya había hecho? Eventualmente, sin influirlos, las masas, sus seguidores darían un grito de júbilo a sus tareas históricas.

"Aun así, una enorme tragedia"

Hank se acercó hasta el punto de quedar a centímetros de chocar su rostro y se expresó cuidando las formas, susurrando y con una calma absoluta.

"No juegue conmigo al estadista, bastardo hijo de puta. Usted y yo sabemos lo que sucedió"

John Maxwell acusó el impacto, pero se refugió en sus comportamientos diplomáticos. Sonrió y después de un segundo de titubeos, Maxwell colocó paternalmente su mano sobre el hombro herido de Hank.

"¿Qué va a hacer usted de ahora en más, Elliott?

"Los derrotados no imponen condiciones, General"

Maxwell lo vio perderse entre la enfadada multitud. Fue breve, solo un vistazo de admiración que nunca sería admitida, luego se dedicó a los fotógrafos.

Como un fenómeno paranormal, la calle, en la mañana, en Nueva York estaba desierta. Solo dos personas, un hombre y una mujer, frente a frente, parecían querer eternizar el momento. Sin embargo, obviamente había algo que la estaba angustiando, podía advertirse por la forma en que su cuerpo, aunque inmóvil, gestualizaba y sostenía la cabeza hacia atrás. Intentó sonreír, pero fue un esfuerzo fallido.

"Tantos años han pasado y todavía puedes mirar a través de mí, ¿verdad, Hank?" dijo Becky Piatkowski.

Hank desvió los ojos. En otros tiempos, se hubiera engarzado en la conversación, pero quería evadir ciertas preguntas. Preguntas que ella, amablemente, no iba a realizar.

"No hagamos esto, *Beck*" dijo Hank mientras el taxi aguardaba ya con la puerta abierta.

"¿Qué harás de ahora en más, Hank?

El respiró profundamente.

"Ir a casa… dormir una semana sin parar… emborracharme otra semana seguida… ver la hierba crecer…"

Ella le acarició el rostro. El se fue y ella lo dejó partir.

Caminó a La Guardia, el taxista le hizo conocer una New York que nunca antes se había detenido a observar. En una parada de autobús, un cartel gigante anunciaba la presentación teatral de *Acogedoras Sombras de Otoño*, producida por Kathy Stavros. ¿Quién dijo que el talento no podría vencer al dinero? La vida continúa.

En el Parque Thomas Jefferson, dos hombres tomados de la mano buscaban un lugar para almorzar en el césped, bajo un sol amable. Hank creyó reconocer a Mickey Durante, el actor y director, pero podría ser cualquier otra persona.

Mas adelante vio como una joven aspirante a periodista coqueteaba con un agente de policía. Era una muchacha muy atractiva y sus encantos ponían en problemas al oficial.

Luego de atravesar Roosevelt Island, observó como un hombre sudoroso le entregaba un maletín a otro.

Siempre había intercambios de maletines en la ciudad.

Ya en el aeropuerto, Hank cumplió con su ritual y bebió un par de medidas de whiskey mientras observaba turistas de todas las latitudes desesperados, corriendo por taxis, corriendo por detectar a vehículos de Uber que habían llamado corriendo por llegar a tiempo a la salida de sus aviones.

Al mediodía, el vuelo 2023 de Sky-Jet partía rumbo a Florida con Henry *Hank* Elliott sentado en un asiento junto al pasillo, escape conveniente hacia el lavabo.

"¿Puedo servirle algo?" preguntó la auxiliar de a bordo una vez que la máquina consiguió la altura adecuada.

Hank la miró. ¿Una nueva vida? Pensó y cerró sus ojos.

El taxi de la compañía Yellow Ride estacionó frente a su casa. Hank tomó su pequeño bolso y despidió al conductor con un par de dólares extra a la tarifa normal. Se detuvo a observar la casa de Bobby Sue a su derecha y no se sorprendió al ver un cartel rojo avisando que la propiedad se había vendido.

Ingresó a su casa y advirtió que el olor a encierro había conquistado el lugar. Dejó su bolso sobre la mesa y comenzó a abrir los ventanales. Salió al balcón y descendió hacia su jardín. Volvió la vista al patio trasero de Bobby Sue, a su derecha, encontrando un desierto donde supo haber una piscina inflable y herramientas de jardín.

"Ey, vecino…" dijo una voz a sus espaldas.

Hank se volvió a la casa contigua sobre la izquierda. Desde el balcón, una mujer se bañaba de sol envuelta en un sofisticado bikini, protegiendo su cabeza con una capelina blanca y pretendiendo beber un exótico trago, con rodajas de naranja columpiándose en el borde.

"Cuando vi los carteles…" comenzó a decir Hank señalando la casa a sus espaldas "Pensé que Olivia y tú se habían mudado"

Bobby Sue sonrió y señaló su antigua finca.

"¿Esa casa?," preguntó con fingida arrogancia "Esa casa era rentada. Soy propietaria ahora," anunció ampliando sus brazos, como cercando su nueva pertenencia "¿Cena a las ocho?" adhirió.

"No querríamos que se enfríe la comida…"

Ella se quitó la capelina y se la arrojó a Hank. El sombrero voló mansamente, recorriendo unos veinte metros y cayó a sus pies. Ella se quitó el bikini lentamente. Se ruborizó, aunque luchó contra ello y antes de dejar el balcón le informó que la puerta estaba abierta y le pidió si podía devolverle la capelina.

Hank la recogió.

El descanso podía esperar.

El Regidor / by Fabian Kussman

ISBN 9798839665347

190

También por Fabian Kussman

La Abdicación de Bashkin

Versión Impropia

Fletcher Shaw y el Hechizo de la Mujer Cobra

Silenciosos Sonidos de Medianoche

Las Golpeadas Orgullosas

www.PrisioneroEnArgentina.com

email@PrisioneroEnArgentina.com

www.ingramcontent.com/pod-product-compliance
Lightning Source LLC
Chambersburg PA
CBHW061339160726
47995CB00001B/103